心会跟爱 一起走

XIN HUI GEN AI YIQI ZOU

山雨 著◆

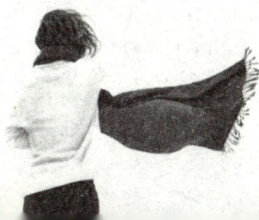

山西出版传媒集团
北岳文艺出版社
BEIYUE LITERATURE & ART PUBLISHING HOUSE

图书在版编目（CIP）数据

心会跟爱一起走 / 山雨著. — 太原：北岳文艺出版社，2017.4

ISBN 978 - 7 - 5378 - 5047 - 6

Ⅰ.①心… Ⅱ.①山… Ⅲ.①言情小说－中国－当代 Ⅳ.①I247.5

中国版本图书馆CIP数据核字（2017）第001744号

书名：心会跟爱一起走	策　划：张世景	书籍设计：嘉设计
著者：山　雨	责任编辑：李向丽	印装监制：巩　璠

出版发行：山西出版传媒集团·北岳文艺出版社

地址：山西省太原市并州南路57号　邮编：030012

电话：0351 - 5628696（太原发行部）　　010 - 57427866（北京发行部）

0351 - 5628680（总编办公室）　传真：0351 - 5628680

网址：http://www.bywy.com　E - mail：bywycbs@163.com

经销商：新华书店

印刷装订：三河市天润建兴印务有限公司

开本：660mm×960mm　1/16

字数：181千字　印张：15.25

版次：2017年4月第1版

印次：2017年4月第1次印刷

书号：ISBN 978 - 7 - 5378 - 5047 - 6

定价：39.80元

目 录

1 【纤 伤】

3　两个单数凑双数

5　水瓶情人

16　相思在彼岸

32　缘

43　如果爱，请深爱

49　秦 淮

63 【绮 刃】

65　爱情不是加减法

75　有谁知道冬天的故事

85　天作之合

95　纹画生命的彩虹

98　珍珠梦

1

108   逼　婚

119   【锦　蚀】

121   爱你就会伤伤伤自己

131   大约在南方

143   梦中的婚礼

147   你是老鼠，我是猫

158   错　爱

170   亲吻的代价

181   【艳　阱】

183   迷魂记

192   心会跟爱一起走

201   被朝圣的红颜

211   电话粥煲煳了

221   爱情医生

230   迷　途

纤 伤

两个单数凑双数

昔我往矣，杨柳依依；今我来思，雨雪霏霏。

——《诗经·小雅·采薇》

人都是单数，爱上另一个单数，女人总是那么恍惚，飘摇不定。

女孩曾说，如何让你遇见我，在我最美的时刻，为了这，我已经在佛前求了五百年……

她相信爱情真的就是在这样的瞬间，电光石火，一闪而过，她想让那绮丽之花开在岁月的深处，弥漫男人心里最感动的温情……

他们相识于虚幻的网络，没有见面，依然是单数。

她想他，想得虚无缥缈，却情真意切，奋不顾身，或者说，他是她挥不去的影子，在屏幕上闪动时他们常常难分难舍……女孩觉得空虚、落寞，但还是按捺不住想要见面。

绿柳纷披，日落的傍晚，在那条漫漫长街的拐弯处，她的王子，站在秋天开始的地方，深情款款……

鲜花被万绿拥着，依然要凋零，风吹过，落英缤纷……

聚散无情，单数走了，小窝里残留了他的味道，以及他常抽的香烟，女孩一支接一支地抽，夜很深，火星闪烁，思念在燃烧，幸福在

纤 伤 | 3

熄灭……

世界太拥挤，是人太空虚，探出窗外，抬头不见苍穹只见流年……

翩翩霓裳舞，幽幽美人吟，花开为谁开，花落为谁落，花舞花落泪，花哭花瓣飞，花开为谁谢，花谢为谁悲……等还是不等？

等也是等，不等也是等，爱是一种信仰，不是消极等待，女孩想，你不来，花不谢……

天好冷，跨出门外，仰着头，雨雪徐徐飘落，洒了她一头一脸……

嗯，是什么味道？她使劲地抽着鼻子，雨住了，雪停了，风静了……头上是单数撑起的伞。

两个影子重叠在一起，天空下，雪花纷纷扬扬，无声无息……

爱了，故事有了段落，两个单数组合在一起，一个男人，一个女人，于是就凑成了双数。

水瓶情人

一

良薇抱着文件爬楼梯，迎头撞了一个人。

"小姐，大清早，这么匆匆忙忙？"此人嘴角满挂笑纹，不温不火。

"还有两分钟就迟到了，电梯里挤不下，没办法呀！"良薇回顾这个男人，纯白，温和，发丝在额上晃动。她只想赶在韩跃前头到办公室，可仍旧落后。

韩跃把公文包扔向一边，扯着领带，跌坐在椅子上。

"十点要去蓝星公司谈事，准备一下。"良薇不住点头，随后是一杯温度刚刚好的柠檬水，把昨天带回宿舍赶出来的工作如数交给韩跃。

尽管他们是一对热恋情侣，工作上仍然不含糊，副总是副总，助理是助理。良薇常常暗自把办公室的勤奋与相夫教子相提并论，越来越感到自己为韩跃撑起了半边天，工作起来激情荡漾。只是，每次韩跃一走，她就感到孤独、无端忧伤，站在九层楼的窗口，感受着韩跃的车辗过视线滑入街道，心里荒落落一片。

每日如影随形，居然也这般相思成灾，是天生多愁善感，还是用情太深？此刻，她只能一杯接一杯地喝水，然后便盯着电脑发呆。同事说，将来谁娶你做老婆，供你喝水也会倾家荡产。良薇笑笑。

如果爱情更进一步又将如何？这种进展是不是太快了，她想，爱才刚刚开始，相思却已轻车熟路。

二

良薇推门出来，接听手机，对面的公司出来一个男人，向他点头。

等良薇接完电话。

男人问："你们副总好像是韩……"

"韩跃出去了，"良薇快语而应，发现跟她说话的竟是早上碰上的那个柔和的男人。

"韩跃……"男人语气狐疑，打量着良薇，随后转为明朗，似乎瞬间恍然大悟，"嗯，韩总是个年轻有为的人啊。"

"是吗？"良薇惊喜难掩，不想由此落入圈套。到底是爱着的人少有警惕，良薇发觉此时再说什么也于事无补。转身欲走，听见男人说："我叫白秋。"

"好的，有空过来坐坐。"

韩跃打电话回公司，叫良薇速送东西过去。良薇对韩跃的吩咐一呼百应，做自己的事多半会厌倦，韩跃的所有安排都会令她如沐春风。

三

良薇跌跌撞撞，打车把韩跃要的东西送过去。

老树咖啡，人迹寥落，轻音乐翩翩滑翔。拐角摇椅上，韩跃与一个年轻女子，面对面，语细声轻。

良薇走过来。

"这是我同事良薇。"韩跃向对方介绍道。

对方伸出手："良薇你好！"

放开对方黏黏的手，良薇暗想，好有风度的女人。

"这是蓝星公司新上任的莫总。"良薇微笑点头，把东西交给韩跃，准备离开。

韩跃叫良薇坐在身边，抽出menu："点一个吧？"

往日，与朋友见面，韩跃总是乐意把良薇拥到面前，向朋友介绍，我的助理，随后补充道，贤内助，然后在良薇的笑媚下与臭哥们一起笑，若干那样的时候，无数琐碎的小幸福便会雨点般敲遍良薇的全身。现在，跟韩跃坐在一起，仿佛千里之遥，韩跃与姓莫的女人言语亲昵，近在咫尺，哪怕是商业上的交谈呢。

四

良薇提前回公司，对着电脑落泪。

"良薇你好！"白秋推开玻璃门，良薇收住泪水。

"你好！"良薇问，"有事吗？"

其实早上良薇邀请他过来坐坐的。

白秋坐在对面的皮椅上，顿了顿，欲言又止。

"你们公司做什么的？"良薇故作轻松。

"专利认证。"白秋用语简略。

"哦！"良薇不说话。

"不开心就到楼梯间透透风，或者打开窗看看远处的风景，说不定就会好些！"

白秋看着良薇。良薇也看着他婴孩般的脸孔，觉得能做朋友的人只需一个照面就能判定。

走到楼梯间，白秋问："你受他的委屈了？"

"谁？"

白秋轻声说出两个字："韩跃！"

"你怎么知道？"

"那你哭什么呀？"

……

五

下班时，白秋在楼梯间等电梯，遇到良薇。

"不用加班吗？"白秋搭讪。

"不用的，我宿舍有电脑，忙不过来的时候可以在宿舍加班，不过今天没事了。"女孩的话毕竟比男人多一点，一路走着，到路口，良薇指指楼房的尽头说："我要回去了，我租的房子就在里面，拜拜！"

良薇走了一段，白秋跟上来。

"我也住这边呀，就那里，五楼！"

白秋与良薇并排走着，像两只并排飞行的蜻蜓，良薇感觉是受了宠，步子极慢，也许是有意，也许是无意，积极与白秋的步子合拍，觉得两人都要是无意的才好。

短短的一段路，一个个小小的话题，两人都能说到开心处，见好就收，于是又拉上另一个话题。

"你是射手座的？"白秋问。

"当然，你怎么知道的？"

"大胆，敢爱敢恨的射手座，射手座好女生，可爱！"

"那你呢？"良薇问。

"水瓶座！"

"水瓶又怎样？"良薇问。

"只交朋友不谈恋爱！"

白秋到家了，拐进旁边的院门。

六

韩跃打电话给良薇。

"良薇，我在商场门口，有朋友到家里，我买了很多东西，你过来好吗？"

良薇听着，久久不说话，韩跃并没有挂电话。

"不舒服吗？如果不舒服就休息，好吗？今晚我陪朋友。"

良薇挂了电话，仰躺在床上，只觉家徒四壁，电视机里有掌声哗哗啦啦，似水声之后的空白，留下的是惘然。

良薇打车过去，厅里杯碟交错，韩跃躺在沙发上，有微微的呼噜。

收拾碗碟，清理客厅，半个小时，也只是一会儿的事。良薇灭了灯，开门要走。

"薇薇，"韩跃抓住良薇的手，"这几天你怎么了？"

"没什么，我要回去了。"良薇开门向外面走。

"薇薇，你难过了？"韩跃轻声问，"是因为我吗？"

"没有，我很好，真的很好！"

"好就是了！"韩跃拉住良薇另一只手，"你知道，我是爱你的。"

良薇望着韩跃沉静的脸想，这样的话，他不知跟多少女人说过；现在的男人说"我爱你"是不是都像他们喝醉过后说"我没醉"那么容易？

七

早晨，手机拼命地叫，良薇从睡梦中惊醒，接通电话，是白秋。

"没有睡醒吗？"白秋似乎有知道别人的超常功能。

"嗯！"良薇话语朦胧，"星期天不睡觉干什么呀？"

"好了，你睡吧，不打搅你了。"

"准备去哪里？"良薇急迫地问。

"隐湖，喜欢游泳吗？"

"啊！喜欢，你在哪里等我？马上我过来！"

白秋说了个地址。

良薇与白秋坐在凉棚下喝冷饮，欢赏湖中的一对游伴。

水中的女人着黄色泳装，在水里的体形极美，良薇非常想近一点看看，两人游过来了，只是偶不小心，良薇瞥见了那张男人的脸，白秋立即发现了她的异样。

"那好像是韩跃！"白秋一惊，话已出口才觉不妥。

默默不语，良薇离开座位，脸如明霜，此时，水平如镜的湖面卷起了一轮轮涟漪。

白秋想，良薇这样的女子，修炼到这般境界，究竟需要多少工夫。

八

三十来岁的女人，比良薇不过大四五岁，气质里蕴积的沉着，以及胸怀，何止四五年的历练能及。

见到良薇，那亲如姐妹的神情，浑然天成，不露破绽。

良薇正要站起来。

"叫我莫嫣好了！"来者说道，良薇为她的到来不知所措，昨日韩跃已飞往上海，要一周后才回来，难道她装糊涂？

"莫小姐好！"良薇为自己表现的单纯吃惊。

"好女孩！"莫嫣微笑着，有怜爱也有关怀。良薇摸不着头脑，是不是商界老手都笑里藏刀，包括眼前这个漂亮的女人？

两个女人的较量，柔情掩映下的刀光剑影，说到底是嫉愤与耐性最最高的厮杀，因而更显得险象环生，危机四伏。

"你也是个不错的女孩，少年得志。"

"不是女孩，是女人，"莫嫣努力纠正，"我跟韩跃是商业上最好的合作伙伴，生活中的朋友……"

九

韩跃回来，在家里打电话给良薇，叫她下班后过去。

好似久别重逢，良薇收拾完东西，呆坐着，盯着电脑右下角，内心在争分夺秒。

到韩跃家里，他已叫人做好饭菜，几个朋友，围坐着桌子等她，良薇挨着韩跃坐着，心中满是快乐的云朵，飘浮摇曳。

晚饭结束，朋友皆作鸟兽散，良薇仍旧收拾杯盘，来回忙乎，每一个步子若踏琴弦，都是开心的音乐。

"顽皮的小姑娘，搬过来吧，别再犟了。"韩跃从良薇身后揽住了她的腰，良薇挣着，挣不开，也就罢了，就这样，过往的不快，此刻忘得极为自然，了无痕迹。

韩跃与良薇的爱情，太平铺直叙，没有波澜的爱情可靠吗？夜里醒来，良薇目睹身边的这个男人，以旁观者的身份想道。

十

良薇免不了有几分矜持，到底没有搬过去。她说，距离产生美。这自然是爷爷奶奶辈谈恋爱时的理论，可良薇不愿妄加否定。

睡觉的时候，良薇给韩跃打电话，午夜一点钟的光景，一个多小时，拨打十多次，韩跃手机一直占线，良薇不相信此时他还在"洽谈业务"。良薇不哭，只掉泪，删掉韩跃的号码，关机睡觉，以为会一夜不眠，居然闹钟也没有把她吵醒，上班迟到了半小时。

晚上，白秋约良薇逛超市，白秋答应为良薇买单一次，以良薇拎得动为限。不劳而获，何乐而不为呢，良薇有坐享其成的感觉。良薇推着购物车，东挑西拣，选了一车的食品。

"机会难得，要狠狠宰你。"良薇得意洋洋，恬不知耻地笑。

白秋微笑着，似春暖花开。

"吃零食可以忘掉不快，拿回去慢慢吃。"白秋照样哂笑。

水瓶座男子，哪来的这些心眼，是体贴、关心，还是窥穿了我？这样思想着的良薇，瞬间又自戳了痛处。

白秋啊白秋，你为什么这样对待我。

十一

恋爱之事，合久必分，分久必合，一如天下大势，大分之后的大合必有繁华盛景。

事业型男人，韩跃哪里懂得痴情小女子内心的牵牵绊绊。

搬到韩跃家的第一个晚上，听了良薇的倾诉，韩跃感慨万千，试想世间有多少痴心女子，必有多少该堕入地狱的负心男人。

"纯属多余，你呀！"韩跃万般怜爱。

良薇的心犹如骤雨初霁的天空，甜蜜得湛蓝湛蓝。原来，爱情，可以这般水到渠成。

良薇一直想请白秋。

周日下午，白秋敲开了韩跃家的门，韩跃不在家，良薇迎在门口。白秋尽管脸色憔悴，仍然一脸温和，伪装的平淡很难做到真正的天衣无缝，掩饰不了的沮丧还是有几分流溢于外。

坐在饭桌边，都不善饮酒，两人喝着可乐等韩跃。

几分钟过后，韩跃与莫嫣一起回来。良薇以主人的身份给莫嫣让坐，莫嫣笑着，是嫉意还是谢意，良薇从容面对，也能做到波澜不惊。

饭局才到一半，座机电话拼命地响，韩跃示意良薇接听，莫嫣靠得近，抓起了电话，一听便怔住了，把电话交给旁边的良薇，良薇拿电话的手在发抖，不知她是知道了韩跃有家室而发抖，还是因为韩跃孩子病危而发抖，良薇挂了电话，众人看着她颓然坐回来："韩跃，你孩子病重，你快回上海吧！这边的事交给我。"

韩跃拼命拨打一个上海的号码，一遍一遍，没人接听。

十二

白秋推开玻璃门，良薇正坐在韩跃的位置上，没有往日的忧郁。良薇递上一杯水。

白秋说："我要离开公司了！"

"什么时候？"良薇问。

"后天上午交结清楚就走！"

"哦……"

次日早上，韩跃在机场打电话，说很快就会回来。

第二日韩跃来公司上班，良薇把二十来天的工作做了详细的汇报。

"麻烦你签字！"良薇神情淡定，不容任何柔情摧残，这是良薇两日前写好的辞职书。

"为什么？"韩跃说出这话，神情黯然，提问并非为了获得答案，从笔筒里抽出了笔。

上午十点，良薇从财务结算工资出来，抱着零零碎碎的东西下楼梯。

白秋回过头："小姐，为什么不走电梯呀？"

"你呢？"

"电梯太快，离开公司了，走楼梯慢一点好。"白秋回头说。

"我也跟你一样啊！"

白秋嘴角满挂笑纹，不温不火。

"我喜欢走楼梯的生活，不用挤电梯那么急！"

良薇笑了，洁白无瑕。

相思在彼岸

一

解开缆绳，撑船的人长篙往岸边一点，船猛地一下向江里划行，康冰冰打了个趔趄，手扶了栏杆，待一站稳，便冲进舱里，一屁股坐在横木上。舱的顶棚是竹篾编成的，细密结实，长年累月的风吹日晒已使它变得黢黑，如果拿手指用力一戳，棚子准会出现一个洞，但康冰冰没有动手，热天挡日遮阳，雨天又可以躲雨，这已经很好了。康冰冰嘴角挂着微笑，目光望着遥远的对岸，嗯，什么都改变了，船还是一样的船，尽管它饱经沧桑。

江水浑浊不堪，一股股污水搅动着翻出江面，一阵阵战栗从船身掠过，康冰冰调了一下MP3的曲子，整了整耳塞，眼睛看着越来越近的对岸。那时他常常爬上那块大石头，注视着江面一只只开过来的船，等他的妈妈，站在下面的草儿就说，别等了，你娘不会来的。一听这话，康冰冰就发火，你莫乱咬牙舌儿，死丫头。草儿便埋下了脑袋，把手边的一片树叶一块一块掐在地上，江那么宽那么大，船那么多，你在哪里找你娘，草儿说。康冰冰觉得有理，便从石头上跳下来，把捕蜻蜓的小竹帚扛在肩上，拉着草儿走了。

二

康冰冰没有娘，准确地说是康冰冰的叫法跟草儿不一样，就像草儿叫她母亲叫娘一样，康冰冰叫妈妈。听到草儿说她娘又怎么了怎么了，康冰冰就来气，叫妈妈，叫什么娘啊，他纠正道。草儿眼珠子一轮，错愕地望着他，以后还是叫娘。

七岁的草儿是淘气的，有时见康冰冰生气的样子，便跑开了，躲在石头背后向他撒沙子，哼，就要说"耍"，冰冰，走，到江边耍——去。她知道，康冰冰一听别人说"耍"字就不乐意，他太霸道了，一定要草儿说"玩"，草儿偏不，还一个劲地向他扬沙子。康冰冰一边愤怒地追赶，伸手挡避草儿扔过来的沙子，死丫头，死丫头……追到草儿，按在地上，康冰冰便捉住草儿的细胳膊，你再叫？你再叫？草儿一句话也不敢说，一脸害怕的样子。康冰冰以为她要哭了，马上松了手，草儿一溜烟就跑了，死丫头，看我捉住你不……

这些只是回忆，十五岁的时候，草儿送给康冰冰一包水晶石，是草儿平时在江边捡来积存起来的，却说水晶石长在地底下很深很深的地方，这种石子河滩上太少见了，草儿积攒了好多年才有这么多，冰冰外婆说水晶石是星星拉的屎。

康冰冰回城念书去了，城里很远，上岸去乘汽车，还要再坐一个下午的火车才到。康冰冰不想回去，但他爸爸告诉了外婆，他一定得走了，草儿站在石头上，看着载他的船越来越小。

三

那时的江水很清，天气好，站在河湾的岸边，即使伸伸舌头，皱皱眉，水里也能看得一清二楚，草儿站在岸边洗手帕，不小心便看见水里的自己，接着她又做了几个小动作。抬头再看看天，发现天很高云很远，看看水里的天，也一样很远很深，草儿就感到有点儿眩晕，至此草儿相信江底跟天顶是一样的，要是掉进水里，是不是就到了天上去了？到也奇怪，大人用网子能网回鱼来，如果水里跟天上一样，天上除了云什么也没有呀。

我是要死在水里的，后来草儿这样说，康冰冰就叫她住口。

第一次见到康冰冰时，草儿正对着水里的蓝天白云出神。

草娃，草娃。外婆叫。

草儿站起来，一看是刚到的一条船上下来的一位老奶奶，是草儿的邻居，她拉着一个小男孩。

草儿打量着这个男孩，他穿着齐膝短裤，白底蓝条的褂子，淡绿透明凉鞋。

外婆左手拉着草儿，右手牵着冰冰回家，草儿从外婆背后看这个男孩背上的书包，鼓鼓的；冰冰也看过来，草儿缩回头，躲回外婆的腰里。

后来草儿说了什么，康冰冰已经记不清了，走到家，两个小孩已混熟，草儿看着冰冰的凉鞋。

看什么呀？冰冰说。

干吗穿鞋？草儿问，因为她们岛上的人热天是从来不用穿鞋的。

冰冰不知怎么回答她，脱了鞋，跟草儿一样光着脚丫，踩在地上，脚板痒酥酥的，很舒服，是呀，干吗穿鞋？

见到草儿，冰冰才知道世界上有很多稀奇的事，是他在城里永远都没法知道的。

四

冰冰没有妈妈，妈妈跟一个男人走了，她走的时候把冰冰关在屋子里，说去给他买糖吃，去了就没有回来。他爸爸坐了监狱，要八年才回来，冰冰上完一年级的学，外婆便把他接了过来。

冰冰有时站在石头上看妈妈，草儿就上去拉他。

冰冰，别看了，你娘不会来的，冰冰听了这话，就横她一眼。

不过还是从石头上跳了下来，吓得笼子里的八哥大声地叫。

你看，又吓着它了，草儿提起笼子，到河边去搬石头，为小八哥找虫子。

哎，没妈妈多可怜。

草娃，康冰冰学着外婆喊人的口气，你说啥？

它呀，小八哥，被关在笼子里，每天晚上都哭呢。

不是哭，那是叫唤，小八哥都这样叫唤，冰冰有自己的道理。

不，是哭，我听到了，草儿说。因为冰冰把笼子放在草儿家堂屋里的，外婆不让冰冰养鸟雀儿，说手摸了这些小鸟儿写字手会颤的。只好叫草儿放在她家了。

冰冰想晚上去看小八哥是不是真的要哭，回到家外婆就给他洗澡让他睡了。

草儿第二天说，八哥又哭了一夜，不住地叫妈妈，冰冰便相信了。

冰冰后来听舅舅说，近水知鱼性，近山识鸟音。冰冰似懂非懂，一想觉得很有理，草儿从小在岛上长大，知道八哥叫声里讲的什么，哭或是笑。

风轻轻吹过冰冰的脸，远处杜鹃鸟高一声低一声，是叫农民该为庄稼拔草了。

草儿说八哥可以飞了，就要放它回到它妈妈的身边，冰冰不肯，草儿说，你不要勉强了，它急了会撞笼子死掉的。冰冰捏着八哥的脚，一松手，八哥跳上他的肩膀，用感激的目光看一眼它的主人，纵身飞走了，过后冰冰就后悔，他想哭。

五

月亮从后山升起来，照亮了外婆家的半个院子，外婆挥着刀砍猪草，冰冰围着外婆转圈，一不小心摔倒在猪草上，调皮鬼儿，外婆叫骂着。草儿站在池塘边小声叫冰冰，外婆叫他跟草儿耍去。

月光似金沙银粉，洒在树叶上飒飒作响，冰冰不明白，岛上的月亮为什么会走路，刚才还在外婆家房顶上的月亮，现在却跑到池塘的树杈上去了。

草儿也回答不上来，躺在塘堤上看月亮。

低声唱着歌：月亮光光，姊妹烧香，烧到哪里，烧到关祠，关祠倒了，和尚跑了，公公放牛，倒在洞头……草儿，烧香为啥呀？关祠咋倒了？和尚跑甚啊……冰冰干着急，草儿不回答他，光着的脚杆在堤边晃悠，偶尔让脚尖沾一下水，鱼儿便啵的一声逃了。

草娃，为啥不说呀，冰冰就爱刨根究底。

不为啥，和尚是自己要跑的……如果有一天，我不喜欢了，我就到江里去。

怎么了，草娃！

不怎么，江里有白云，有鱼儿。

那样会淹死的。

不会，草儿固执地说。

你妈妈会伤心的。

不会，草儿说，你娘都不要你了，她伤心吗？

冰冰想，是呀，妈妈不要我了，这样一想，冰冰也觉得到江里去好。

冰冰认为得到了解答，悬在堤边的腿有点儿发麻，俩人都站起来，跑到池塘后边坡地草坪上躺下来，像两只并排卧在地里的红薯儿。

草儿指着月亮，明天你会跟我看月亮吗？

当然。

要发个誓。

冰冰发了个誓，草儿便开心地笑了。

六

哎！没有哥哥的人好苦也。

男孩们在树上摘板栗，一时又撂下一个空栗壳。草儿在树丛里四下寻，没粒儿，只有壳，小家伙们在树上咯咯地笑……

谁叫你没有哥哥呢？嗯，姑娘伢儿爬不上树，哈哈，又一些空壳子丢了下来，有一个刚好砸了草儿的脑瓜，草儿哇的一声哭了，有几颗栗刺扎在她头顶上。

康冰冰光着身子，趿着一双外婆的长球鞋，噗噗地奔到栗树底下。

谁扔的？谁扔的？让我收拾他。树上的人一声也不应。

等他们下来，冰冰叫他们一个一个把栗子放下，最大的那孩子不干，定定地看着冰冰，冰冰也看着他，像两头准备角斗的小公牛。冰冰把草儿抱到高处的一个大树桩上，跟那个家伙打架，冰冰几次都被按倒在地上，打不过。冰冰不服输，翻起来就把他的脖子抓出了血，那家伙脚使绊子，用手猛一推，冰冰被撞到地上，鼻子就撞出血来，小鬼儿们一路叫着沙鼻子、沙鼻子，不经打，如鸦雀散去。冰冰鼻子流着血，追一段，鞋子就踢掉了，赶不上，远远地向他们拽石子。

回过头，草儿站在树桩上已吓得目瞪口呆。

站着干吗哩？快下来。

草儿看看地面，看看冰冰，试了试，太高了，不敢跳，冰冰又把她抱下来，把得来的板栗儿放到她的衣兜里，鼻子还在血流不止。

冰冰蹲在水边，水里的冰冰一脸的愤怒，咬一回牙，血一滴一滴掉在水里。

再低点儿，草儿怯怯地叫。

还要怎么呀，冰冰不耐烦。草儿伸手在水里荡了几下，掬一捧水，淋在冰冰的后脑勺，用两根细小的手指拍打着，见水干了，再掬一捧水淋湿，又拍打，一会儿鼻血便止住了，冰冰拉着草儿回家。明天我要报仇，冰冰说，草儿惊讶地看着他。

七

上初三了，十五岁的草儿长成了沉默寡言的少女，不知道什么时候开始，不再跟冰冰一起上学，她一个人独自回家，冰冰叫她一块儿走，草儿说，不，各走各的。

为啥呀？

草儿说，不！

不过放学回到家里，草儿还是愿意跟冰冰在一起的。

太阳像一只火红的篮球抛进了大山的背后，月亮上来了，林间的宿鸟轻轻地叫唤，松鼠在树上跑来跳去，草儿拎着一篮子黄蘑菇，跟在冰冰后面。松树林子密密实实，月光也漏不下来，林子里黑魆魆的，草儿跟着冰冰的脚踪，一步一步地走，林子里有什么叫了一声，扑腾着飞走了。草儿吓得丢掉了篮子，抱住冰冰转圈圈，全身颤个不住。

莫怕，莫怕，冰冰按着草儿的肩膀，草儿贴得更紧了，冰冰感觉到她的心在怦怦直跳，于是搂住她，别怕呵，草儿一下子像明白了什么似的，整个身子弹了出去。

冰冰，你学坏了，我告诉你外婆去。

唝……冰冰说不出话，继续往前走，有什么在树上爬动，松树直往下掉皮渣儿，草儿紧跟着，攥紧冰冰后腰衣摆。

出了林子，蘑菇呢？冰冰问。

啊！草儿才想起刚才一吓，丢在地上忘了拿走。她不敢一个人去拿，冰冰说他一个人去，叫草儿等着，她也害怕。最后只好两人一起返回，又到了那段漆黑的林子，草儿怕极了，几乎是抱着冰冰的腰一步一步地走，冰冰的呼吸紧一阵急一阵，草儿听得清清楚楚。

你怕了？

不怕。冰冰说。

那你咋紧张呢？草儿问。

不紧张。

那你喘啥呀？草儿紧逼。

咱没喘！

好呀！原来你小子心术不正。

你说的，那你干嘛抱着我啊？

草儿便一颤松开了手，冰冰拎着篮子疾步往前，草儿循着他的身影，两只手又揪住了冰冰的衣服。

不许拉我，冰冰站住了，草儿便松开了手。

冰冰走，草儿又拉住了。

那好，要拉就不准说我坏，草儿点头。越走越亮，月光斜斜喷薄，如烟似雾笼罩着整个世界。

八

草儿不见了。

她娘打了她一个耳刮子，草儿就跑了，四下里找都没有结果。

冰冰知道消息是在两小时过后，一个八九岁的小男孩给冰冰拿来一张纸条，说是草儿姐姐叫他送的，冰冰打开，上面写了几个字：冰冰，我要到江里去了，记得想起我！冰冰拉着小男孩撒腿就跑。

岛的北岸，护洪堤砌得老高，风很大，草儿的书包丢在一边，脚已经伸到堤坝下面，只要她一松手，立即就会滑到江里去。

冰冰叭叭地甩着脚丫子跑着，带起一阵阵黄尘。

你别过来，过来我就跳了，草儿说。

为啥呀？冰冰一边脱衣服一边靠近。

你别过来，草儿重复，我要跳了。

好，要跳咱都跳，冰冰把衣服揉成一团扔在地上，好，你先跳吧。

草儿不动。

冰冰向草儿靠近，他想拉住她，草儿说，你再过来我真跳了，冰冰不敢再动。

他退了一步，你跳吧，我不管你，让你跳呀！你跳我就跳。

草儿转头望望堤坝，望望江水，不动。

好，你不跳我跳，冰冰歇斯底里地叫。马上做了个跳的准备动作，我跳了，冰冰说，两只脚也伸下了堤坝。

你真跳，草儿问。

是！

草儿就哭了，我不跳了不行吗？说着便把两只脚收了上来，跑过来抱住冰冰的脖子……

九

天是那样的高，云是那样的远，错落的断阶缺梯之外，一条小径向岛内迤逦而去。

康冰冰捋了捋挡在额上的头发，把MP3摘了下来放进口袋，将相机镜头对着码头和广阔的江面，拍下了第一张照片，那一年，他是从这里登上小岛的。

　　岛上九月的空气仍旧很潮湿，让他感觉不到秋天的气息。康冰冰使劲地抽着鼻子，呼吸岛上的空气，觉出了苍老的时光有如焦灼的麦秆味道一样的清新质朴。日影西沉，夕阳给小岛披上了一件鲜亮的黄袍，田野山坡便在视线里流溢成一幅光彩夺目的油画。倚在路边的石头上，他被这美妙的风景吸引了。

　　康冰冰向岛上走去，他要在天黑之前赶到外婆家，一边走一边同一个少年有一搭没一搭地说话。

　　你是康冰冰吧？少年问。

　　是，你记得我。离岛有六七年了，这个当年给他送纸条的小男孩已长成颀长的小男生。

　　嗯，少年甩一下肩上的书包，你应该拍一拍北岸。

　　是呀，康冰冰一边回答一边想，是该拍北岸的，那年同学们传言草儿做了他的媳妇，便挨了她娘的巴掌，跑到北岸要跳到江里去……

　　来之前你联系过她吗？少年问。

　　谁？

　　草儿。

　　没。

　　少年不再说这事，转移了话题，北岸太好了。少年的建议康冰冰能懂。

　　现在北岸的风景很美，少年最后补充了一句。

北岸的风景的确很美，山高月小，夜静波轻，凉风柔软缱绻，是当初很多夜晚跟草儿在一起时康冰冰感觉到的，时隔七年，草儿的印象还是那样的清晰。

草儿坐在堤岸上，脚搭在外边，康冰冰总是认为她这样坐着很危险，所以他坐在堤坡里面的水泥地上。

死丫头，坐进来点儿，危险。

不，草儿转过头，看着静夜下沉吟的江水，忽然间想起什么似的爬起来，过来坐在康冰冰旁边，从口袋里摸出半截粉笔，在地上乱涂乱画着。冰冰，你能一直陪我晚上看月亮吗？又是个老问题。

冰冰不说话。

草儿在地上画了房子，菜园，池塘，还有院子里的两只小脑袋，这好看吗？

好看，冰冰说。

好看是好看，在岛上这样生活一辈子你行不？

冰冰不语，抚着草儿的头发，眼睛便热了，想抱抱草儿，又不敢。

我行，我知道你不行，你有很多理想……

唔……

一时间，记忆的镜头一下子变得苍白，眼前月光下的夜晚并不宁静，七年的时间，北岸发生了很大的变化，从前的防护堤不见了，一条宽阔的水道横贯了这座小岛，可进渡轮。康冰冰想，修这样的河道到底有多少合理性。河的两边厂房林立，车间的灯光亮如白昼，水里浮沫闪闪发光。

　　康冰冰瞄着数码相机的镜头，折腾大半天没有拍一张照片，这样的场景在他生活的城市太常见了，几乎遍地都是如此，他不需要这样的图片，很沮丧，康冰冰打算就这样离开。

　　刚一转身，一个瘦削的男人从河道边走来，康冰冰以为是下午碰到的那个中学生，走近一看，才知道不是。

　　你是康冰冰，来拍夜景的啰。来者说道。

　　呃，你怎么知道？

　　你外婆告诉我的，我想你准到这里来了，怎么，景色不好？

　　是啊，没拍，这里不如从前好。

十一

　　男人单薄的身影在夜色里隐隐约约，天上大朵大朵的乌云压在头顶匆匆奔跑，云间偶露的星月于是都离人很远了，风刮着工厂的包装纸皮、保丽龙碎屑飞舞，河道里便积起一层层的残渣。康冰冰跟着男人，穿过响着隆隆机声的工厂，沿着河岸向岛内走去。

　　喏，那里就是我家，男人指着河对岸的一座两层建筑，二楼的灯光明亮，把院子照白了大半，一个身穿白衣的人伏在走廊栏杆上，吹着类似八哥叫唤的口哨。

　　草儿，康冰冰来了，下了河上面的高架桥，男人对着楼上的人喊，楼上的人充耳不闻，仍然吹着口哨，康冰冰吃惊地看着男人，男人以平静的目光回应他的诧异，康冰冰似乎明白了什么。

　　她又在学八哥叫唤呢？她呀，有时跑到河道里去照镜子，河水太脏照不了，她就用树枝把垃圾拨开，最后还是不行，她就坐在地上哭一个下午……有时她还会跑到山里去找蘑菇，这几年山里的树搞修建都砍得差不多了，光秃秃的，都很少长野生菌了，哎。

她什么时候变成这样子的？

你外婆没跟你说过？去年，是去年的三月间吧，她不答应嫁给我幺爸，她娘打了她一耳光，后来就这样了。

你……康冰冰想说原来你不是他丈夫，但没说出来，男人明白了他的意思。

我幺爸五十多岁了，很小就在外面浪荡，将近四十岁才改邪归正，在岛上安居乐业老老实实做农民，苦了十年，误了年龄，婚姻也耽搁了。上前年岛上开始全面开发，幺爸是跑江湖的，见多识广，开了个鞋面加工厂，江那边很多鞋厂的鞋面都在他厂里加工呢！哎，我幺爸半世年纪能这样，也算是大器晚成，我们侄辈哪能赶得上……

康冰冰说不出话来。

没想到他们结婚日期还有十多天，就发生了这事，哎，幺爸命真苦，男人说，当时很多人劝幺爸不要娶她了，但幺爸说这事他有很大的责任，不能放下草儿不管，他便把她娶了过来，幺爸有很多的钱，他说他能治好草儿的病，幺爸真是岛上的做人模范。

康冰冰走到楼上，原来草儿脚边放着一只空鸟笼，一会儿她又提起来，对着笼子学八哥吹口哨。

草儿，康冰冰叫了几声，草儿没反应，仍旧吹着口哨，看着笼子嘻嘻地笑，乱发遮住了半张脸，风吹着廊檐上的悬挂物，发出嗑托嗑托的声响，康冰冰泪珠儿从眼眶里滑出来，吧嗒吧嗒滴在地板上……

十二

天还是有些忧悒，有风在徐徐地吹，天的另一边，飘浮着朵朵轻盈的白云。

康冰冰站在大石头下等船，无精打采地打量着浊浪汹汹的江面。

冰冰，就要回去了吗？昨晚带他去见草儿的那个男人从河湾里走上来。

啊，是的。

今天的天气过一会儿可能就会转晴的，你可以去拍北岸那边的工业区，效果肯定很好，前段时间记者来拍过，听说后来还上了报纸呢。

哦。

外面的人都惊讶，我们这个孤岛现在居然发展这么快……

康冰冰讨厌这个絮絮叨叨的男人，不想理他，把脸转向了一边。

天，草儿穿着一条白裙子，正蹲在河湾里，她正在照"镜子"呢。

康冰冰走过去叫，草儿。

草儿转过头看着他，嘿，嘿。又转过脸去盯着水面喃喃自语，我要到天上去了，我要裁最美的云彩做嫁衣，我要……

草娃，康冰冰扯着喉咙叫了一声。

草儿蓦地站了起来，康冰冰退了一步，挂在脖子上的水晶项链唰地响了一下，草儿便呆呆地看着他的脖子。

康冰冰把项链取了下来，交到草儿手里。项链上的水晶石是那年草儿送给康冰冰，在城里他找师傅做成了这条水晶项链。

嘿嘿，星秀屎，星秀屎，草儿说。

对，是星秀拉的屎！康冰冰惊喜，他试图唤起她的记忆，但是草儿似乎很快就不感兴趣了，将项链一下掷在地上，转身又蹲在先前的位置。

康冰冰拾起项链，愣住了。

哈哈，哈，月亮，月亮……草儿不住地叫，康冰冰走过去，水里是一片黑暗。

船已经靠岸，康冰冰要上船了，他叫了一声，草儿。

没有回应，他便走了。

待他走远，身后响起了童音般的歌声：月亮光光，姊妹烧香，烧到哪里，烧到关祠，关祠倒了，和尚跑了，公公放牛，倒在洞头……

船到江心，激流横阻，行得很慢，康冰冰望着河边的那块大石头，想使劲地喊一声，这时，他听到那边好像有人在喊。

冰冰……

喊声在江涛里飘袅隐伏，很微弱，听不真切，好像是外婆。

缘

一

丽子收拾东西准备下班，阿姗在前台叫，丽子有人找。

叫了两声，丽子也没有应，只好跑过来。

哦，谁呀？丽子问。

看看就知道了。阿姗告知抬脚便走。

哇，帅哥。周琳扭过头，面朝门口，第一个发现了来者。

女孩子们一起叽叽喳喳，对门外之人抱以不约而同的赞叹。

丽子拎了包，匆匆往外赶。

是你。丽子并不惊讶，淡淡的。

不喜欢我来这里？

这不是喜欢不喜欢的问题，分开了就分开了，说了的我们各走各的路，既然都不合适，何必要勉强呢？我们都不是孩子了对不，桑达？

我没有要勉强你的意思，只是想看看你，听听你的声音，我们都两个星期没见面了，有点习惯不过来……桑达有点语无伦次。

丽子没好气地说，你别这样好不好，别人还以为我们怎的呢？

下不为例，下不为例。桑达还是一如既往地温好，弄得丽子硬不起心肠来。

好吧，你自己说的，记住啊。丽子一肚子的柔情都被搅挠得动荡不安，只是口里说的话还是冷冷的，不肯饶人。

上周丽子跟桑达闹别扭分开了，当时两个人都下定了决心。

丽子先提出来，这样成天吵吵嚷嚷不如分开的好。

桑达说，一点鸡毛蒜皮的事谁跟你吵，你别这样好不好，你看哪个女孩子像你？

是的，是我不好，谁好你找谁得了！丽子被激了一句，话变得锋利无比，反正我爱闹，性格又不好，既然大家不和，分开好了。

你说过多少次了，你别威胁我。桑达忍受不了丽子老是提分手。

我威胁谁了，我能威胁你吗？分开了有好的排队等着你！

这样做你才乐意是不是？我可从来没有想过要跟你分开，你呀，能不能乖一点……桑达拉住丽子，别这样，好了，我做得不好改正不就行了吗？

你别这样哄我，弄得我不开心了又这样甜言蜜语，少来这一套，我见惯了，没感觉，丽子甩开手，夺门而逃。

听见桑达气急败坏地说，好吧，分手就分手，以后谁也别管谁。

其实丽子只是想为难为难他，并不是想要跟他闹到底，终究还是要和好的，不过她只是觉得现在有这份权力，用用而已，并不是真为难。

桑达第二天打了几个电话给她，接通后丽子故意冷嘲热讽，三言两语便掐断了电话，或者说，快去吧，找个比我好的，让桑达不知所措，还以为她动了真格的。

下班时间，电梯里特别挤，桑达往里靠，丽子靠近一点点，留了一点间隙，并不靠在桑达的身上。

从电梯里出来，丽子问，你打算去哪里？我可要跟同事一起去吃饭了。

桑达问，不跟我一起吃饭吗？

改天吧，以后有的是时间，有时间我再去找你，你说是不是嘛？丽子说话的口吻仿佛是面对有过工作往来的一个普通朋友。

平时，桑达是断不依从的，绝不去理会丽子信手拈来的借口，可是现在丽子说得这样正式，也只得由她了。

那好吧，桑达说话总会留有余地，过两天我来接你去我家吃饭，我们一起好不好？

可以呀！

丽子说着话，一转身挎上包走了，今天同事们都先走了，她只得一个人去吃饭。

几天来，丽子都在想桑达，可是正当他打电话来的时候，她还是要那样做。其实在阿姗叫她之前，她已经知道桑达来了，只是她不想做得那么激动，她要冷落冷落桑达。

丽子找了借口，不答应跟桑达一起去吃饭，桑达没有拉她，开始以为桑达会像平时一样拉她，做着扭送罪犯的样子一定要她一起走。当然，以前在那样的时候，丽子总会怨声载道，做出无可奈何的样子迫不得已跟着走了，其实在她心里往往会生出许多柔情蜜意来，殊不知女孩子对自己喜欢的男子是希望他霸道一点的。

今天希望的事情发生了，令她好开心，一样也令她好失望。

二

丽子偏起脑袋抿着嘴跟网友聊天，满脸洋溢着喜悦，充满了童真般的欢乐。

臭小子，这几天怎么不见你的影子，是不是不想理我了，一定要见面吗？丽子几天不见网友上线，见对方一出现便劈头盖脸质问道，并不是骂他，臭小子是他的名字。

喷点香水就不臭了，几天不见，忙得怎么样了？想必有什么喜事向我汇报。这家伙总是不老实，说不了一句正经话。

哈哈，用的什么香水呀？不会变成楚留香处处留情吧，说真的，我宁愿你就是臭小子。

丽子跟他聊天总是很开心，而且也跟他学会了贫嘴。最近忙不忙？

哈，有点忙，你可能觉得这是我的借口——的确也是借口，不知怎么搞的，很想跟你说话，我不明白，你为什么一直不告诉我电话，不然我们就可以用电话聊了，你知道我电话，为什么又从来不给我打。

不是说过我们只做网友不见面的吗？说话要算数。丽子说道。

我也弄不清楚，说真的，我很想见你！现在有点事，晚上给我打电话好不好？臭小子补充道。随后他的头像标上了"忙碌"的符号。

好吧，晚上再说。

周琳笑道，丽子网恋了，这么开心，见面没有啊？
哦，跟以前的一个同事讲一点事。

不会吧?

你不相信,是真的啊。解释只是欲盖弥彰了,丽子一张脸艳若桃红。

哈哈,跟以前的同事聊天,不用这么难为情。阿姗说话真令人讨厌。

丽子拿她没办法,她只是想把心里想说的话告诉臭小子罢了,丽子宁愿他们永远不见面,保持着这样的朋友关系。

臭小子是丽子唯一的一个有近一年交情的网友,在臭小子给她留电话之前,他们曾经约定,绝不见面,最多通电话为止,这样,他们就可以无话不谈了。

所以当丽子有烦恼,总是愿意跟臭小子说,那一字一句,似乎比什么都坚实可信,觉得臭小子是那样的体贴和温柔。

丽子曾把她跟桑达的事告诉臭小子。

其实我很喜欢我男朋友,可是在一起老是吵架,不在一起我又会想着他。

这个自然,臭小子说,你们的感情应该发展到很高的阶段了,这是吉兆,恋人之间最怕的是冷战,谁都不说话,任由对方,那样就完蛋了。

吉兆,居然有这样的歪理邪说!他从来不让着我点,每次不开心了,总是我作一点让步,最后才好了,这次我是下了决心,如果他不还是那样,分就分,我也是豁出去了。

哈哈,真有你的,豁出去了,什么意思,真下那么大的决心,这可不好。

恋爱本来就不是单方面的事,如果他也这样想,那你们就等着bye

-bye吧。不过我感觉得到，你并不想分开，是不是？

也是，可这样下去也不行啊，他是男人，让着我点儿是天经地义的嘛，男人不可能没这点肚量你说对不对？

哈哈，淑女，淑女，典型的淑女，这思想蛮传统的，在魏晋南北朝隋唐五代可能你就是开一代之风的思想领袖了。

你别讽刺我，我没那么前卫，求男朋友的事我可不做，本小姐就这样，你们男人都自私。

眼下不是争论谁自私的问题，如果你真那样下去，我敢保证桑达真会跟你分手……

无所谓了，分就分呗，这样每天难受不如分开的好。丽子眼泪就要掉下来。

臭小子发过来一个吐舌头的表情。

三

丽子觉得第一次跟桑达牵手仿佛就在昨天，两人扶着栏杆看广场上的人跳舞，震荡回环的乐曲和闪烁的灯光灿烂迷离，桑达的声音被分割成一片一片的，听不真切，丽子的目光扑闪着，捕捉着桑达缥缈的声音丝缕，心里不由得怦怦直跳，不知是谁先碰了一下手，两人都不由得闪开了，可是一会儿又碰着了，桑达便抓住丽子的手，丽子挣了挣，叫他放开，可是桑达不但没放，反而抓得更紧了，丽子用力甩开手顺着台阶往下跑，跑了很长一段路，桑达才追上。

桑达觉得丽子真的生气了，跑到面前不住地道歉。

是不是我把你手捏痛了？以后轻一点就是了。

丽子羞红了脸，不给你捏，再这样我就不理你了，哼！丽子一转头，径自走了。

丽子觉得臭小子说得有理，如果一直冷落桑达，肯定不会有好结果。当时的情景就是如此，桑达跑上来，又碰了碰丽子的手，丽子没有做出任何反应，桑达便顺势握住了她的手腕，丽子还是象征性地挣了一下，算是默许了。丽子想，如果当时要是一直不牵手，他们也许就不可能有后来了。看来臭小子说的话蛮有道理。

夜里很冷，也很静，丽子窝在被子里等桑达的电话，丽子一直等，她的心一下一下地跳个不停。

索性披上衣服，把手提电脑拿过来，插上网线，打开电脑，可看到的却是臭小子头像失去了活跃的灰色，一动不动，丽子感到好寂寞。

丽子翻到臭小子的电话号码，第一次拨他的电话，关机，再拨，还是关机（太晚了，可能他已经睡了）。

臭小子说过，如果晚上打他的电话打不通，那么就可以打桑达的，那么你们就会和好如初，反之则会分手。丽子觉得这是一句没根据的荒唐话，听他说了过后就没有去想过，现在不由得要考虑了。

选了电话簿里桑达的号码，丽子还是没有拨，她不打，是不想桑达也一样在等着她的电话，即使今晚不打来，明天他也会打来的，丽子关了电脑睡觉，手机一直开着放在枕边，为的是桑达的电话一来她就可以马上接听，不至于关机错过了电话。可是好些天过去了，这样的事一直没有发生。

四

丽子觉得是自己太过分了，每次桑达来电话，她总是气势逼人，而且还挂断他的电话，她要让他知道使她生气的代价。现在不如打电话告诉他今天有时间，可以跟他一起去吃饭，找到这样理由，傍晚快下班的时候，丽子拨通了桑达的电话。

桑达告诉她有点事，下班可能要延后会儿。丽子非常想念桑达，忘记了自己曾下定的决心。她说，你就不用来接我了，等你回到家里，可能我也到了。

丽子到桑达家的时候，桑达回来了，家里还是往常一样干净、清新。

桑达在厨房里笨手笨脚弄菜，丽子想去帮忙，被桑达阻止了，叫她开电视看，丽子站在客厅，不看电视，扳着指头想心事。

桑达做了不少菜，而且一个劲地让丽子，反倒使丽子感到疏远、陌生。

桑达做得一手好菜，往常丽子受宠的感觉在吃饭的时候是如此强烈，可是现在她感觉不到，两人都埋头吃饭，桑达有时会偶尔说点什么，周星驰、刘德华又拍了什么新的片子，张艺谋的《十面埋伏》社会上的评头论足，等等。

丽子通通没有兴趣，小妹是爱刘捕头还是金捕头跟她有什么关系呢？

我觉得那刘捕头也真冤，为一个人等了两三年，结果小妹喜欢的却是只有几天缘分的金捕头，哎，不过都是戏，这样编也不错。

丽子说，我没看过《十面埋伏》，到底谁爱谁我不知道，想必是刘捕头外头有人了吧，一个男人在外面两三年，不说他变心，就是他不变，也免不了他不受到外界的诱惑，这也是常有的事。

桑达还想说什么，又闭了口，扒了两口饭，也许是吧，分开两三年的时间，很难保证都不变心，小妹不再喜欢刘捕头，说不定另有隐情，刘捕头还爱小妹，可能是他的姘头都没小妹优秀……

丽子一听这话觉得于彼此有些关碍，只是听，想听得周全些，桑达却住了口。

最终丽子还是忍不住要把话题接下去，要是刘捕头一直不离开小妹，那就不会像后来那样出现第三者了。

说的也是，时间啊，是最无情的，可能因为时间，很多东西都会改变，那是在唐朝，信息还不够发达，要是在今天，这样的事也不足为奇了。

为什么？丽子探着眼睛问道。

不为什么，这是现实。

现实，只是一瞬间，丽子感觉离桑达很远，是不是现实就会让人变心，丽子不是这样的人，她更不喜欢随便就"现实"起来，他不会轻易与谁有恋爱关系，居然桑达也这样想，是自己把他看错了。

一堵墙，横亘在两者之间。

吃了饭，丽子匆匆忙忙就要走，桑达挽留不住，只好送她回家。

树荫下，斑驳的灯光流泻在丽子的脸上，心事随之悠悠飘曳，丽子仿佛又走进了过往。多少个多情而温柔的夜晚，跟桑达走在这条路上，丽子总是要赖在桑达的背上，在桑达耳边轻轻地唱道：小猫背小狗，一直背到家门口……有薄薄的一层泪水渗出来，丽子差一点回头扑向桑达的怀抱。

桑达跟在后面，什么也不说，如果桑达碰一下她的手，丽子也会倒在他怀里痛哭一场，可是桑达并没有这样。

天色很蓝，满天的繁星把夜色衬托得很远，深不见底。

五

第二天，丽子打开电脑，臭小子已经在线上留了言：如果想念是我的错，请原谅我；这些天来你的影子总是在我的眼前晃个不住，虽然没有具体的形状，我的生活中却处处是你的影子，善良的你告诉我，我该怎么办才好？我从来就不爱旅游，而在这个假期，我决定去很远的地方，到那深山野地信息不通的去处，在那里，就会音讯全无，不用看着手机每时每刻期待着你可能会打过来的电话，为的是完完全全地忘掉你……我知道你会看不起我没有遵守我们当初的诺言，是的，说了这么多，你可能只是觉得我荒唐无聊，网上的东西谁会认真呢？忘掉你，我要忘掉你，我要回到以前平静的生活……

每次丽子看了臭小子的留言，往往会忍俊不禁，可是这次她笑不出来，不经意间，泪水从眼眶悄悄地滑了出来，一个未曾见面的人，竟是这样的认真、慎重，所以她不会笑，她也要认真对待，她相信臭小子一定是个情深义重的人，不像桑达这般气量狭小，寡情薄义，既然如此，即使只算是一个普通朋友，也应该见面的。

丽子决定找一个热闹的地方见他，于是给臭小子留言：七点半，我穿红色风衣，在麦当劳门口等你！

敲上这几个字，心里有数秒的震颤，丽子一点鼠标，坚决地发送。

丽子推迟大约五分钟才到麦当劳，站在门口四处张望，不见有臭小子的影子，丽子有点沮丧，她看了看时间，打算再等五分钟，如果他还不来，就打他的电话告诉他，她就可以走了。

一个人气喘吁吁跑来，到了丽子的身后，忽地站住。

对不起，迟到了。

丽子转过头，惊呆了：

你——臭小子原来就是你，你为什么一直骗我？！丽子使劲摇晃着他的身子。

喷点香水就不臭了！桑达抱住丽子的头，捧过她正准备拨打的电话叫道，哇，这是我以前的那个号码……

城市的夜色越来越迷人，有细细的风吹过，小叶榕窸窸窣窣地响着，天空深蓝深蓝。

如果爱，请深爱

一天晚上，我陪客户一起到尊龙国际会所K歌。当时他们几个都喝够唱累，歪在长沙发上闲聊，这个难得的机会，我正模拟张信哲和刘嘉玲两人不同的声音唱着《有一点动心》，我喜欢挑战自己的唱腔。唱到好的地方，他们应付性地鼓掌叫好，看得出来大家准备撤了。歌才唱到一半，他们中的一个叫道："来，别跑啊，你俩正好情歌对唱。"我放眼望去，是一个高挑的女孩，灯光的渲染使我看不清她衣服的颜色，她定神看了看我，有些羞怯地转头要走，我叫她，她怔了一会，打量我，"好吧，我可唱得没你好。"他们递麦克风给她。

开始我们不知唱了一首什么歌，好像是毛宁跟谁的对唱，实在没感觉。原以为他是我们之中某人的朋友，女孩告诉我，她本来在另一个房间，刚出去接电话，回来就走到我们房间了，待她坐下，才发现走错了地方。唱完，我们聊了几句，相视而笑。

"不然，唱刚才那首？"她提议道。

"是《有一点心动》吗？原来你也喜欢这首歌。"

"是的！"

人海茫茫，知音难得，我求之不得，但愿不是她在附和，后来的表现，觉得她比我更迷恋这首歌。

我：我和你，男和女都逃不过爱情，谁愿意有勇气不顾一切付出真心。

我以歌声开始对她发出邀请，她紧随其后。

她：你说的不只你还包括我自己，该不该再继续该不该有回应，让爱一步一步靠近。

她的歌喉不错，声线稳，音色清越，不含杂质。

跟着歌词里描述意境，彼此都很投入，她些许娇羞，些许矜持，一步一步地向我走近，掌声不断，也许这才是真正的欣赏。

我：我对你有一点动心，却如此害怕看你的眼睛，有那么一点点动心，一点点迟疑，不敢相信我的情不自禁。

此时，我们凝视着对方，有点像柳永词里的"执手相看泪眼，竟无语凝噎"，有亲近，有离弃，有不舍，这一切，发挥得淋漓尽致。

她看着我，灯光下，细腻质感的韩版服饰使得她曼妙身姿凹凸起伏，曲线玲珑，目光妩媚、柔情流转……

她：我对你有一点动心，不知结果是悲伤还是喜，有那么一点点动心，一点点迟疑，害怕爱过以后还要失去。

每个章节，任何段落，似乎都天然的精准，简直连呼吸都是同一个节奏。

合：难以抗拒喔，人最怕就是动了情，虽然不想不看也不听，却陷入爱里。

(音乐演奏)

不知何时，不知何故，我们的手握在了一起，当彼此都回过神来要打算放手的时候，却有一股力量驱使着把手握得更紧……

三个月后

此时，暮色四合，灯火暗涌，对于喜欢夜生活的人，一天的时间才刚刚开始。

黑夜像潮水，淹没了繁华都市，《有一点动心》的旋律正在灵魂深处轻唱，街灯辉煌，却使我备感孤独，我需要去寻找自己的舞台。是的，尊龙国际会所，虎门一个高档的娱乐场所，它中西合璧的考究装潢，雍容华贵的中古气质，柔和沉稳的灯光效果，时尚前沿的音效设备，加上风格独特的人文图画，一直令我为之着迷。只有那个地方才配得上我们洗尽铅华的纯情。

很多时候，有意识地抵制它的诱惑，结果只证明我意志力的脆弱，我想，只是因为心存侥幸和希望，才使我往那个地方赶，驱车过去，七八分钟的路程，于我却是千里万里，我期遇的人，似乎已经早早地等在那里，每次到达后，我就会知道，这是我一厢情愿的幻想，天性多情，我笑自己。

二十八岁的我，父母皆在官场混得风生水起，而我在一家不小的公司任总经理，家庭背景和职场上的得心应手使我从未怀疑过自己的实力；而她，却无情地摇撼了我的自信。尽管我很坚强，有一点点清高，少许愤世嫉俗，厌恶浅尝辄止的都市爱情风习，更不屑方今盛行one night stand，所以对很多女孩的示好视而不见。

进入璀璨夺目的会所前厅，有服务生微笑着迎上来："先生，请问去哪个房间？"看来她是新来的，往常我来的时候，细致周到的服务生会尊称我的姓氏，并引我到"都会新贵俱乐部"。

我和她，来自不同的两个世界，却在一首歌里相遇。

打开房间，灯光开启，服务生已经准备好我喜欢的饮品和拼盘。我想，一个人的演唱会，至少也应该有一位观众吧，其实，每次都是在这个时候，服务生的掌声似乎会在不经意间响起，真是恰到好处。

平时我不太喜欢网络歌手的歌，觉得他们的歌大多浮躁、哗众取宠而无实质性的内容，而《如果爱，请深爱》这首歌是个例外，我开唱道：

和你分开了这么久，你瘦了没有？

是的，是分开了九十三天二十三小时二十分。

多想再对你关切的问候。

……

就这样，无奈放弃你的手。

一次牵手，一次放手，却不能再次握紧你的手。

回想在一起那么久，你爱了没有？

你如影随形，确实，我爱了你很久，也许你至今不知道，也许我今生不能再相遇。

想念曾在你身旁的守候。

在我心里，我一直守候着你，守候着这份爱，短暂一瞬，却指向永恒。

你曾说以后，我们不说分手。

没错，你的眼神告诉我，今生相遇，从此不离不弃……

我只能傻傻等待奇迹。

这是我最最真实的感受，此时，泪水盈眶，无奈无助缠绕着我。

如果爱，请深爱。

唱变成了呼喊。

别让我一人在风中徘徊，你是否明白，我们的现在，只为你一人等待！

如果爱，请深爱。

这是发自内心的深彻呼唤，想起她，因此特别的沉痛，谁能如我，一次牵手，便爱彻骨髓，希望人世间那些肤浅和虚假的爱情都灰飞烟灭。

别让我再次被泪水掩埋，月光中映着我们的未来，希望你能再次接受这份爱……

我的脸颊已满是泪水，音乐渐渐朝低处滑落，灯光色彩越来越暗，没有掌声，或许是服务生为我深情的歌唱所感动，她是我唯一的听众，是的，或许她体会到了我的全部感情，是她站在那里凝视着我。灯光再次燃起，当我回过神来的时候，发现自己错了，她，亭亭玉立，笑盈盈地望着我，脸上闪着泪光，有幽怨，有怜惜，有深情。我睁大眼睛，"这是在做梦吗？"我不禁扪心相问。

"这，不是梦，不知道……我不知道，能不能……不让你一个人在风中徘徊。"

"真的是你吗？"我叫。

没错，是她，果然是她。我走过去，忘了顾忌，抓住了她的双臂："为什么……"我要说的一切，因哽咽卡在了喉咙，她伸手挡住了我欲启的双唇。

她深情地说："因为我也不相信是真的，我千万次地否定了自己，所以……但今晚，我还是来了。"

"相信我，绝对是真的，你让我等得好苦！"我叫。

"我也是！"

"从此我们不再分开，好吗？"我好怕再失去她。

"如果你愿意！"

"肯定了！"

掌声哗啦啦一片，此起彼伏，一浪高过一浪，天，房间里不知道什么时候来这么多人。

一阵阵快乐的战栗传遍我的全身，她也激动得哆嗦不已，我再已控制不住自己，一把揽她入怀，让彼此的胸口紧紧贴在一起，感受两颗心的碰撞。

现在，灯光有节奏地次第闪现，《如果爱，请深爱》简短的前奏已经响起，此时此刻，来自两个陌生世界的男女，真正开始了共同的人生恋歌。

秦　淮

当人回忆往事时，什么才是真实的呢，曾经发生过的单调的事件，不能不被淹没在愿望中的事件里，回忆成了一种似真似幻的虚构——真的未必是真，因为它并不都是人心之所愿；假的未必是假，因为……

——张旻

一

"坎坎明白，相爱只有因为，没有所以，若一定要问结果，只可能存在两种情况……前者毁灭，后者使恋情似是而非。"紫姝在键盘上敲下这些字，觉得是经历了千山万水的跋涉，回首尽是满目的沧桑。紫姝想，那六个小黑点（省略号）代表的是哪两种情况呢？竟然自己也不清楚么？紫姝合上电脑，有片刻的沉默，只不过几年前谈了一场不咸不淡的恋爱，紫姝的一颗心已经破破烂烂，激情早已风干、湮灭……嗯，最好，心如止水，至于哪两种情况，不想也罢，明天再说，岂不更好！

紫姝就着写字台，推开窗，观察那个喝酒的男人。这仅仅是自己的猜想，为什么偏要喝酒，喝茶喝水不也一样吗？不，男人应该喝酒，特别是深夜，把酒临风，举杯对月，飘逸潇洒……并且，她认为他就是她一直在找的那个人。

二

紫姝决定买一个望远镜，她做过目测，从她的宿舍到那边窗口，大约一百米的距离，如果望远镜放大四倍，那么他们的距离便可缩减到二十几米，凭她的视力，就可以睹其庐山真面目。

当那天中午紫姝把望远镜搭在眼睛上的时候，却没有看见人，窗虚掩着，跟前两天看到的一模一样，唯一不同的是阳台上一件紫色的衬衫随风飘摆。因此，她越发相信自己的猜想，那一定是他。紫色，是她名字第一个字代表的颜色。紫姝捧着迷彩望远镜如是暗想，期望着当晚必将到来的喜出望外，紫姝打开手提，把昨晚写的几行字看了一遍，随后在后面续上几个字：两种情况应该是分手和结合，都是爱情的幻灭！不，都是缘分，那是世俗的幸福。紫姝轻易地否定了自己昨晚的想法，心怀朗朗。敲一下回车键，另起一行，她的故事现在才真正开始。

三

在夜色宽大的黑衣里，星子像顽皮的孩子，在月亮周围眨着眼睛，又像是在攀升的月亮前面导引，谁不是怀着梦想呢？就是面对繁星灿烂的耿耿银河，月亮不也一样怀着向往，一样兴致勃勃欢快向前。紫姝担心自己的浪漫情调会影响她的写作，遂摁亮了灯，夜色退得很远，内心异常宁静，她感到此时的心态，可以使她摒弃职业造成的习惯性的矫情和卖弄，好好地真实一把：

有一个男孩叫坡坡，十七八岁的年龄，迷上了电台主持人清朗脱俗的圆润嗓音和她信口讲的故事，每晚听她的节目到深夜。渐渐地，情窦初开的少年爱上了主持人，终于不堪单相思的折磨，开始给她一封接一封地写信。女主持在拆开信过后，看了只是付之浅浅一笑，揉成纸团投进纸篓。这些他都能料想到，可他还是忍不住要给她写信，他单纯地想，总有一天她会被感动……

紫姝本来想继续往下写，远处的窗口处有银光斜着流泻下来，一个修长的人影一晃便消失在窗前，那件紫色衬衫不见了。窗子半掩着，可以看见里面有人走来走去，紫姝取下望远镜，只能看见对方时隐时现的身影，根本就看不到脸。

虽然二人只隔着一百多米，可中间却竖着两道围墙，那是另一个住宅区的房子。紫姝想，只要看到了他的脸，就能确定到底是不是他了。

四

坡坡终究没有等到女主持人的回信，竟然病了一场。

那年夏天，坡坡的母亲带他到南方这座著名的旅游城市度假，母亲打算让他把这座城市的所有景点都玩一遍，于是在一个大型商场旁边他舅舅开的酒店下榻。晚上，母子俩一起去逛商场。在超市里，坡坡听见广播里传来一阵明亮润泽的女声：×××先生，听到广播后，请速与分机825联系；×××小姐，听到广播后，请速到一楼收银台……坡坡不知道商场的广播台在哪里，到处寻觅，却没有找到。第二天晚上，母亲早早地休息了，坡坡一个人来到商场，在商场里走走看看，等到商场广播里响起温馨舒缓的萨克斯乐曲《回家》才离开。几天后母亲回到家乡的那座城市，坡坡却留了下来，他喜欢上了这座城市，打算两个月的假期在这里度过，坡坡思忖着，他要见到这个声音明洁清朗的女孩，如果不是她（电台女主持人），也一定是她妹妹，坡坡想。

紫姝对着电脑沉思，现在记录的最多不超过整个故事的五分之一，而真实性，她自己也很难说，因为他不是坡坡，她是故事里的坎坎，多年前那个商场的播音员，而不是电台的节目主持人，也不是她妹妹。紫姝想，如果把上面的文字给坡坡看，就可以确保故事的真实性，坡坡的原型，是秦淮。

紫姝拉一下窗帘，望着那个百米之外的窗口，朦胧的光影下，窗户紧闭，好似坚决拒绝紫姝剧烈的心跳和急切的期盼。

五

斯年坎坎不过十六岁，在内地的县城念中学，父母都是普通工人，纺织厂上班。刚上高中，父母就双双下岗。放暑假之前，坎坎就跟在这边工作的表姐联系，要利用假期过来上班。当然，表姐不会让坎坎去工厂里上班，太累。于是托朋友带坎坎去商场做个轻闲的工作。可是商场经理说他们不招收未成年人，经理只随便问了坎坎几个问题，坎坎声音动听，回答得周全，经理竟然连连夸赞坎坎嗓子好、反应快，就叫她补了播音员的缺，上班时可以不用穿工服的，坎坎如愿以偿。

坎坎的工作，确实是单调而轻闲的。

没事的时候，坎坎一个人托着下巴，好烦。电梯里上上下下、来来去去的顾客，穿着漂亮的衣服，轻松自在。于是坎坎想起了父母，流了泪，伤感一回。还好，商场各个工作点会打电话来，或者保安用对讲机告诉她有什么事，在广播里作出通知，心情总会好些，她知道自己声音好，也希望不开心的人听了舒畅些，于是在播音前她都会调整好自己，不把自己的坏情绪带给别人。

跟往常一样，坎坎对着话筒下通知，大概是通知用品部的人到收货区搬货，广播完毕，仍旧伏着柜台想心事。只一抬头，一双眼睛正看着她，明澈而悠远。坎坎忘了应该眨一眨眼，两人对视太久，同时反应过来的时候，都红了脸。

你叫什么名字呀？坎坎问得唐突，是为了缓解气氛，凭直觉她对眼前这个忧郁的少年好感。跟妈妈来度假，她回去了，我一个人在这里玩，哎，无聊……你的声音真好听，像一个人……坡坡怕坎坎烦她啰唆，他说，我叫坡坡，便住了口。

紫姝觉得，现在电脑里写下的故事完成后如果在某家杂志上发表出来，要是秦淮能看到，他会不会打电话到编辑部查问她的电话或地址呢？只可惜，杂志上的诸多文字，差不多都是职业写手为骗取稿酬而胡编乱造的故事罢了。像秦淮那样的人，不会不知道这一点。倘或看了，也认为只是生活的太多巧合，如此而已。要是把文章传到他手上呢？紫姝突发奇想。于是打开窗，百米之外的那扇窗开了一半，紫姝罩上望远镜，他正在桌上做什么，那边白纱帘子不住晃动，她还是确定了，此人必是她朝思暮想的秦淮。如果他不这样老低着头，让前额露一露，看一看他的左眉上方的那颗很明显的痣，她一定会到那边的小区，找到那间屋子。

六

紫姝写的故事仍旧停留在那里，那个叫坡坡的男孩又说了什么呢？

紫姝心乱如麻，什么也记不起来了，她想，对面的那间房子里的男人扰乱了她的情绪，紫姝写故事一向行云流水，没想到，此时却这般犯难，坡坡并没有这样跟坎坎说过几句话就走啊，而且他们后来很好。对了，他们还在一起喝过糖水。

坎坎点了银耳，问坡坡，你要什么？坡坡说，要绿豆沙。那架式，好像是坎坎大宴宾客，其实走时坡坡早早地掏了钱，银耳两元，绿豆沙一块五，坡坡拿出五元，坎坎接过找回的一块五，塞进坡坡紫色衬衫的口袋里……

那件紫色的衬衫，滑纱，立领，穿在身上，如果从背后看去，那身段几乎与女孩无异，线条是如此的柔和饱满。现在都不时兴穿滑纱了，他还穿吗？这是疑问，紫姝那天看见百米之外的窗前晾着的紫色衬衫时确实没有想到这一点。

下午坡坡又来了，肘着柜台凝视坎坎，坎坎也望着他，似乎都在努力要窥视对方深藏在眼睛里的秘密。坡坡把头又挪近一点，看吧，看见没有？我眼睛里有狮子。不，不是狮子，是鱼，坎坎说，那你看到我眼睛里有什么了吗？看到了，不过是只机敏的小老鼠，坡坡微微一笑。坎坎说，我的眼里是水，明净的水，看到了吗？坡坡说，那我的鱼儿就可以在你的水里游了。坎坎笑了，我才不让你的鱼儿游呢，弄浑了我的水。坎坎把头往里一缩。重新给唱机换了一张碟片……

七

要是在以前，紫姝会为自己不够矜持而后悔，可现在紫姝用望远镜偷窥一个男人，而且是在深夜，她没有感到什么不妥，正因为如此，才觉得自己不俗，写小说的人是需要很多出格的手法的。男女之间的事，说到底，还是缘于彼此需要，互相吸引，谁还期期艾艾装小娘们，自轻自贱，自甘不平等。这晚紫姝不再写坎坎与坡坡的故事，她不想以自己的真实经历为筹码去杂志社换钱，也不想急着发表出来，或许她会把它一直保存在电脑里，有空的时候便看看，修订写作时不经意间出现的过分单薄或粉饰的词句，倘若秦淮珍惜那段感情——如果对面房间里的人果真是他，将来有缘得见，重归于好，也许她们会生活在一起。反之，若是秦淮并不像当初那么好，或者连紫姝的名字都忘记了，就没有什么可说的了。

子夜时分下起了暴雨，紫姝醒来时雨很快就停了。她习惯性地望一眼百米之外的那扇窗，此时，那扇窗完全打开了，男子对着这边，又在自斟自饮，紫姝举起了望远镜。他赤着胳膊，桌上一个瓶子，一个杯子握在手上，醉眼怔怔地盯着杯子，摇摇晃晃，然后一扬脖子，一饮而尽，整个过程，极为豪爽，额上的那颗痣瞬间赫然显现，刹那跃进了紫姝的视界。出乎紫姝所料，他没有伏案写作，也没有展纸研墨玩书法，更没有画画，最后，紫姝看到的是两行泪水从他面颊滑下。竟然也流让人鄙夷的男人泪，紫姝为确认他是秦淮而庆幸，却同样因此而沮丧，秦淮为何这样？

八

"或许，爱之结果，分手与结合，皆是毁灭，前者毁灭爱情，后者使爱情似是而非，婚姻乃爱之惘然。"紫姝写过无数风花雪月的故事，发表过若干令人信服和感动的情感篇章，而自己对爱，一样没有把握，摇摆不定，紫姝又起一行，"谁对爱执着，谁就会误入爱情因果关系的圈套！"可是，那个时候，紫姝和秦淮，都有一颗对对方纯真的心。

坎坎下班得早，跑到酒店客房去找坡坡，坡坡不在，只好往回走，好扫兴；坡坡买了一束玫瑰花去商场找坎坎，坎坎不在，跑到女员工宿舍，也不在，坡坡往回走，好失望；两个人都埋着头，从同一条街穿过，居然都没有看见对方；坎坎回到宿舍，保安告诉她，刚才谁谁来找过你；坡坡回酒店，服务员告诉她，刚才谁谁来找过你；坎坎又去找坡坡，坡坡又去找坎坎，途中，两人都睁大眼睛，乐得笑开了花，你找我了？坡坡拉掉袋子，擎着玫瑰，深情款款，说了三个字，坎坎接过玫瑰，眼泪就要掉下来，好感动，坎坎凑过去，献上少女的初吻，坡坡拉着坎坎的手，攥得很紧。坎坎细瞅有几朵玫瑰，却发现，原来是九朵月季……

九

紫姝决定亲自去小区找秦淮，不管怎样，一定要见到秦淮。这几天，紫姝每晚无所事事，等到深夜两点，就是为了用望远镜看一眼百米之外的那个男人，可这一切，秦淮一无所知。

上午，紫姝走进了秦淮生活的住宅区。在这之前，为了避免错误，她白天对秦淮那栋房子的周围做过详细观察，并把特点做了整理记录，在小区里兜了一圈，终于到了秦淮的楼下。

坡坡一直为自己错买月季当玫瑰送给坎坎寝食难安。当时坎坎生气地把月季扔给他，他不恼，可是接连几天，坎坎的不理不睬让坡坡急得团团乱转。坎坎其实不是那样的刁蛮，可她总是感觉遭了欺骗，受了委屈，听不进坡坡的任何好话，坎坎没有笑脸，坡坡抑郁度日，坡坡继续去旅游这个城市的景点，希望几天过后坎坎会回转过来，与他和好如初。几天来，没有坡坡的烦扰，坎坎陡地觉得空虚，无所适从。坎坎终究耐不住，下班后，匆匆忙忙，去酒店找坡坡，她正想着这些天坡坡一直没来，是不是不辞而别，却看见坡坡笑盈盈地站在酒店门口，坎坎嗔怨顿生，拎着小拳头，对着坡坡的胸膛雨点般捶打不停……

十

紫姝到达五楼，保安按门铃，好几次，还是没有人开门，房门紧闭，像一张沉默的脸。紫姝想起了一首诗，那次是坡坡找坎坎过后写的：琴声如雾/模糊了你的身影/轻轻呼唤/没有你的回音/我拿心/紧叩你的门/不见你出迎/那天晚上/盼到你临门/伸出手把爱情交给你/你摆摆手/留给我一串背影/我的心/难舍又难分/天上没有星星/地上夜雨淋淋/这是我的归宿/还是我的命运/谁来看管我这人/谁来开启我的心？紫姝想起这首诗，觉得瞬间明白了被拒绝的疼痛并不亚于经年累月去思念一个人，于是回到自己的住处，以最快的速度把这首诗录入电脑，续在正写着的小说后面。她想，这首诗，将省略很大一部分叙述的内容，而且它出自秦淮的手笔，这篇小说如果因此而臻于完美，她宁愿归功于秦淮。

电脑里正播放着王菲的歌曲《流年》……有生之年，狭路相逢。终不能幸免，手心忽然长出纠缠的曲线，懂事之前，情动以后，长不过一天，留不住，算不出，流年（那一年让一生改变）……

紫姝倚在床头，有一种虚脱感，忽而又问自己，爱情是什么？一时竟然失语，似乎什么都是明明白白了，又感到一无所知，心情却是极端老成破朽，她不明白，只是短短的相识，她对秦淮，这些年来思念却是如此的湍急汹涌，无力遏止，并使她甘愿论为宣讲爱情小道道的职业骗子，一切刻意的虚拟似乎只是妄图使血浓于水的相思死结消解散失，可是她非常清楚，它是那么的顽固不化，而且千变万化胡编乱造已使它生长了，膨胀了……他站在窗前，坦然面对夜晚的黑暗……

"如果暗夜是人生，爱是人生之光吗？"紫姝又敲下几个字，"如果我将老去，现在，就是时候！"她要在见到秦淮之前兀自苍老。

紫姝不再打算写坡坡和坎坎的故事，如果要故事是完整的，只有秦淮来写，也许，明天，秦淮就可以看到她的电脑里的文字，汗涔涔而泪潸潸，然后，把整个小说充实，而且，把坡坡改为秦淮，坎坎改成紫姝，并拿出去发表，如此，故事真正做到了还原真实，明天，明天又将如何呢？紫姝合上电脑。

十一

夜里紫姝无缘无故惊醒，百米之外的灯光格外明亮，那间屋子里好像有很多人在走动。紫姝罩上望远镜，不由一怔，却原来，一个妖丽女子，对着镜子描描画画，秦淮看样子正在换衣服，果然，不一会儿，灯光就熄灭了，夜色从四面八方包抄而来……

下楼往左拐出正街，对面是一家音乐酒吧，紫姝推门进去，里间音乐飘袅纷零，如烟雨随风。紫姝在靠墙的桌边坐下，要了一杯红酒，饮了一口，习惯性地四下顾望，独自享受这热闹场中的寂寥。

"一个人？"一个男子也握着一杯红酒，向她走了过来。

"嗯！"紫姝没有转头。

男人问："寂寞？"

紫姝没有回答。

"我好像认识你！"男子说。

"是吗？"紫姝说罢，低下了头。

"不开心？"

"很好啊！"紫姝说，"你住在锦江花园？"

"是呀！你怎么知道？"

紫姝没有说她每天用望远镜观察他，她从他的声音里听出了异样。

"来！愁破方知酒有权，人活着不要那么累。"男子在紫姝旁边坐下，碰了一下她手里的杯子，喝了一口。

紫姝转过头，发现这个男人并不是秦淮，不过很巧，左眉上方也有一颗很明显的黑痣，原来是自己错了，天下相貌相似的人多呢。紫姝喝了一口酒，自己只不过是天涯沦落人，何必那么认真呢？

紫姝在屋子里曾千百次想象为拥抱、热泪盈眶喜极而泣的重逢，却没有，原来只是一场梦，秦淮只留在记忆里，并不在现世，她觉出了其中的冰凉。

紫姝也很随便，并不忌讳什么，无所不谈，如果说以前她是对着电脑把自己心里想说的话通过文字描绘出来，而现在却无所顾忌地向一个陌生人敞开心胸，说出自己的欢乐和忧伤。她说起她欢乐的童年，美梦成真的少女时代，以及现在的职业和生活细节，无所不及。还谈到了秦淮，她经年思念的初恋情人……

只是为着有个倾诉对象，一吐为快而已。

男人也很健谈："许多年前，我刚刚在家乡的小城开了一个冷饮店，那时还很年轻，对什么都认真，她第一天来我店里上班，她的漂亮和聪明伶俐就让我喜欢，你想象不出我们那时是多么好，后来她执意叫我把店开到这座城市，她说在这里能赚更多的钱，当时我也是这样想的，可过来后没有想到我一败涂地，你也许都不会相信，就在我最需要她的时候她却离开了我……现在很多朋友认为我过得不错，其实谁知道呢……哎，恍如梦中，世事变迁，什么是真的，什么是假的，只不过都顺其自然罢了，向别人还是向自己索要永恒都是极可耻的。喏！我的女人，只知道花钱，一个水性杨花的女人……"他指指吧台边那个走过来的红衣女子！

女子过来向她晃了晃手，紫姝对着她微微一笑，伴着矫揉造作的搔首弄姿，看起来这时的紫姝多么像一个俗气的烟花女子。

紫姝再也待不下去了，起身往外走，街上行人稀稀拉拉，灯火阑珊，她有些醉了，幸好，还能认识回家的路。

过去不容把握，未来无从预知，今晚就要成为过去，她就在一夜之间变得老成世故，幻想的外衣绫彩剥落，紫姝感觉自己从此已失去纯白。

十二

"不是每一个弗朗西丝卡都能遇到金凯，可是我遇到了；不是每一个弗朗西丝卡对金凯都一直牵挂，可是我就是这样；不是每一个金凯对爱都至死不渝，秦淮亦然，因为秦淮不是金凯；不是每一个弗朗西丝卡都能够固守自己的生活常轨，弗朗西丝卡做到了，我没有做到，因为我不是弗朗西丝卡……"

紫姝的手指在键盘上敲击着，像迷醉人的舞蹈，姿态和声音无比优美鲜亮，于是《廊桥遗梦》中的情节成了她这篇永远无法完成的小说最后的注释。

所有爱情故事都千篇一律，欢乐明快，赏心悦目，现实生活却是它的反面。紫姝想，以生活原型塑造小说中的人物是极端愚蠢的，她觉得通过模糊的记忆，再加上自己天才的想象，那么所有的细节将源源而来。于是紫姝坚决地删掉了前几天的内容，倒头重来，电脑上一字一字地显现。

有个叫坡坡的男孩，爱上了电台的女主持人……当然，结果是坡坡的真诚让这位主持人感动了。再后来，他俩成了好朋友。紫姝觉得这样的结局很好，刻骨的爱情只不过是那个已逝的少女时代的浪漫情怀，少女已长大了，以往的缠绵不休就此化解，一切过往皆烟消云散……

紫姝躺在床上，往事的碎片纷至沓来，亲见亲历的一个个生活场景，半明不灭，零乱而拥挤，一时难以进入意识里层，在感觉之外飘浮游离……脑海塞得满满的，心里却是一片空白。紫姝翻了一个身，半眠不寐，不明白自己如此盎然的青春年华，不经意间却已老之将至……

清晨，紫姝迎着初升的朝阳登上飞机舷梯，天气真好，坐在机舱里，一身轻松，有灵感撞击着她的脑子，一个狡黠的小篇幅似乎已经形成，她打开记事本，迅速写下梗概，这个曾经使她魂牵梦绕的城市从此将离她远去。飞机开始缓缓滑动，她合上记事本，一颗水珠滴到了封面上，她试图用手抹掉，却是一串泪珠跟随而下……

绮 刃

爱情不是加减法

酒吧里灯光摇曳，楚儿在靠墙的一张桌子前坐下，要了一杯红酒，眼光在酒吧间逡巡往复，不知道自己怎么就到这里来了。

Rock响了一半，似乎是旋律刚要越过波峰的那一瞬间戛然而止，音乐一如她的爱情，在匀速的幸福飞升中雪花般飘落。

对，飘落化作水，再冷凝成冰，悬挂在眼帘成为抽泣的音符。

楚儿灌一口酒，便喝去了高脚杯里的三分之二，觉得已接近堕落。

谁说堕落不能进入天堂？

三流酒吧的音乐固然是三流的，适合楚儿这种无法被归类的边缘人，碟片磨磨蹭蹭，跟她进酒吧之前的踌躇多么相似，总算进来了……Rock滑进了飞逝的河川，滔滔奔流。

人生如梦，不要醒才好。

与相恋十年的男友一夜之间成为路人，再不相识。

可是她感到他还在她的身边，他的脸，他的眉毛的一蹙一扬，他的脉脉眼神，他很节制的笑容……

这一切都是梦，毕竟是分手了。

一个星期过后，他就要同一个女人睡上一张婚床，此时，不争气的泪水扑簌簌而下，在酒杯里开放成朵朵殷红的小花。

才二十五岁，楚儿觉得已人老珠黄。

电视里游戏似的都市恋情，却成了前车之鉴，梦醒方知自己已蹈人覆辙。

沉沦……

失恋了？恍惚中一个男人走过来搭讪，声音被酒吧音乐捣得零零碎碎，楚儿正眼也不瞧，伏在桌子上，举起酒杯叫服务生换酒。

男人拉过一把椅子坐下，杯子放在台上。

酒来了，楚儿捋一下头发，喝了一口，才看清这个男人，应该属于清秀一类，不过楚儿没心情。

别烦我！

男人想说什么，楚儿站起来。

你给我走开！

男人一动不动，不知所措。

你给我走开！楚儿又说，她感觉自己从来没有这么不淑女过，不管是对什么人。

啪的一声，楚儿已把杯子摔在地上。

这响声刚好在音乐的低音落差里响起，所以特别响亮，周围的人立即围观过来，保安一下子蹿到男人的身旁，以为出了什么乱子。

没事，是我一不小心摔下来的。男人说。

不等人来收拾，男人便俯下身来一块一块地拾残片，动作缓慢，脖颈白净，他把残片放在桌子上，抽出一张百元纸币，交给对面的服务生。

楚儿走过男人身边，到前面一张台去。

说真的，她有点后悔，这是酒吧，原是为寻开心才来的，再闹也只是跟自己过不去，况且这个男人并不是真令她讨厌。

小姐，好大脾气，男人走到楚儿的身后轻声说道，楚儿感觉到他宽大的胸怀和温暖的体温似乎在向她围袭过来，事实上并没有。

楚儿回过头，男人居然有一张棱角分明的脸，是很健康的颜色，一笑，牙齿整齐粲白，酒吧的灯光一晃而过，唇线简洁凛冽，嗯，是一个不错的男人，楚儿似乎是有些慌张地站了起来，因距离太近，她的额头差点碰着了他的鼻子尖。

爱情，就像狐狸和乌鸦，千万别当真，谁没有过伤心的事，什么都可以重来，天下又不是他一个男人！

男人说话的时候，缓慢而简约，一种汹涌的东西被他很好地掩藏在平静的话语中，但楚儿感觉得到。

没关系，坐下，男人修长柔软的手掌放在楚儿肩上，楚儿乖乖坐下。

你好像也不开心，楚儿问。

开心的，男人轻描淡写，在旁边坐下，你不是常来这里吧？

第一次，楚儿实话实说，她不想欺骗眼前这个无辜的男人，尽管是萍水相逢，楚儿问，你呢？

有时来，男人回答，眼神里竟然掠过一丝迷惘。

对不起，今天心情不好。

男人嘴唇紧闭，保持着沉默，有一种静穆之美，他的脸光润明洁，过了许久，男人重复先前的话。

别太认真，显然男人是无意识说出的，一会儿，他忽然觉察到自己的神态被楚儿注视，马上调整过来，你真漂亮。

谢谢！

不过，电闪雷鸣发脾气可不好，特别是女人，要懂得爱惜自己，生气会长皱纹的，喏，沟壑纵横，满脸像梯田。男人比画着，脸一下子晴朗起来。此人居然这么幽默，气氛一会儿就缓和过来，楚儿咯咯地笑，咕嘟咕嘟又喝下半杯红酒。

别喝醉了！他富有磁性的话音里漾满关怀，时间可以改变一切的，你说是吗？

喜欢向梯田里灌水，楚儿噘着嘴说，举杯又喝，酒从嘴角溢出流成蚯蚓向脖颈蜿蜒，蹿进胸膛，楚儿肆无忌惮地笑着，在手袋里找纸巾。

男人轻轻搬过她的头，用纸巾从嘴角到胸口一点一点地吸干、擦拭，很是细心，口里不住地说，你看你，你看你。

楚儿感觉一股暖流遍通全身，不禁问，难道你也失恋了？她想得到肯定的回答。

不不不，男人否认，只是心情有点糟，没什么。

心情有点糟，真是这样吗？哈哈，楚儿在心里笑，这个世界真是奇怪，人们都强颜欢笑，习惯了掩饰。

肯定是他感到配不上你才中途退场，是这样吧？

配不上，十年恩爱，高中大学一路牵手，步步相随，再到南方一路颠沛流离同甘共苦一起走过，都没有感觉配不上，最近两个月的时间才发现不适合，借口，这是借口。没想到男人一句安慰的话却适得其反，戳到了楚儿的痛处，她男友提出分手，理由是性格不合，就这么简单……楚儿一咬嘴唇，还是抑制不住，泪水已从眼中倾泻而出。

男人看着她，眼神里全是茫然。

他会后悔的，你这么可爱，他踏破地球也找不到。这真是个不错的男人，他想逗她开心。

我算什么，还有一个星期他就跟别人结婚了，楚儿又拿起酒杯，男人一下拢住她的手，以为她又要砸酒杯，楚儿却拿起杯子干了。嘡的一声把杯子放在桌子上，拿着手袋，摇晃着站起来要走。

要去哪里？男人问。

你别管我。

你这样我不放心。男人说。

不放心，以前她男友也经常这样说，可见男人都虚伪，如今他跟另一个女人在一起，不是对我不放心，而是根本就不会想起我，男人，总是喜新厌旧。

我不是小孩，楚儿说，你是我什么人，我们不过在一间酒吧喝酒同消寂寞而已。

岂止喝酒，男人笑着，一副玩世不恭的坏笑一反先前的温柔。

那你想怎样？

你知道的。男人说。

我不明白。

一会儿你就会明白的。

楚儿又坐下，叫酒，索性就醉吧，是为堕落才来这里的，男人要她明白的东西她仿佛猜到了八九分，事到如今，什么都无所谓了。

天下男人都一样，装什么绅士，而女人，又有什么稀罕，不过以自己的羞耻心维护着一点所谓的尊严，可是one night stand不是每天都在发生吗？Free就是美，楚儿觉得解脱了，真是无爱一身轻。

不，真正的无爱并不轻松，无爱之爱才是最最轻松的。

楚儿接着又喝了几杯，脸红心跳，肢体发软，堕落真是美，干脆向男人怀里躺了过去，口里一直对服务生叫，拿酒来，泪珠儿一滴一滴落下，谁说酒醉就能解千愁？

我不是不让你走，是真的不放心，男人轻轻拍打着她的背，别怕，我不会伤害你，告诉我，你家在哪里？我送你回家。

我没有家。

男人以为她故意这样说，因此又问了一句。

我没有家，楚儿把头紧紧地贴在他怀里，觉得这里就是家，是的，这里宽广、温柔，这里就是家了，哪怕是暂时的呢，人世间，本来就不存在真正的永恒，而他男友的怀抱，不也一样爱情的租赁期满收了回去吗？何况这个怀抱是不要租金的。

你说说，爱情是什么？楚儿问。

是狐狸和乌鸦。

楚儿觉得这里才是真正的家，这是永恒真实的瞬间，充满了温暖。而她真正的家，到处弥漫着他的气息、他的影子，却凄凉有如荒原。

楚儿抬起头，看这个男人，他竟然眉心如蹙，满是荡不开的愁绪。

你骗我，你也失恋了，对不对？

对！

你很痛苦是不是？

是！

男人好像不能多说一个字，失恋了，没有理由不沉默，男人受了伤也这般的痛苦，有意思。

楚儿离开男人的怀抱，继续要酒，男人没有阻拦，酷似江湖中的侠客，酒到杯干，极为豪爽，喝了四瓶，两人才跟跟跄跄出了酒吧。

红酒，醉不了人。

不错，酒不醉人人自醉。楚儿不想离开他。

跟我回家？男人问。

跟你回家！楚儿答。

自愿？男人问。

自愿！楚儿答。

你还爱着他，你会后悔的。男人说。

不后悔，楚儿说，我对他已经死心了。

不想挽回？

不想。

为什么？

不想不想不想……你别问。

所以要自暴自弃，要跟我回家？

……

你们从高中开始恋爱是不是？

是。

他现在的女友是水城人是不是？

是。

他们二十八号结婚是不是？

是。

因此你一个人到酒吧来买醉是不是？

嗯，你怎么知道？

她跟他回家。

他的房间到还干净，素白被子叠得整整齐齐，床单铺得平平展展，就连鞋子也摆放得整齐划一，她喜欢上了他的家。

倦了就睡吧，男人把被子给她打开，你盖这条被子睡里面，我还有一条被子，睡外面，床很宽的。

楚儿躺上去，拉上被子睡觉。

好好睡呵，他摸摸她的头发，给她掖好被子，关了灯，坐在椅子上抽烟，火星一明一暗映照着他棱角分明的脸。

你也睡吧，楚儿说。

好的。男人灭了烟，过了好长时间，才从衣柜里拿出另一条被子，在楚儿旁边躺下，呼吸轻盈、平静，楚儿多么想在他的怀里睡去。

他转过身，理了理她的头发，睡好，乖点儿，现在不早了，不要影响了明天的工作。

楚儿感觉到了他手掌的温度，有把脸贴过去的欲望，的确是倦了，楚儿眼角渗出泪水，一会儿便蒙眬睡去。

楚儿醒来，夜已深沉，她按亮壁灯，看身边的这个男人，他脸上挂着泪珠，难道，他在梦中哭泣，楚儿轻轻用手去擦拭，他握住她的手。

睡吧，他轻轻拍了拍她的胳膊，让她柔软的手掌挨着他的脸，楚儿便抱住他的头，钻进了他的被窝，他的怀里很暖很暖。

你哭了？楚儿问。

男人不答，只是把脸挨着楚儿的脸，又有泪水从他眼里流出来。

你还爱她？

嗯。

为什么要分手？

不为什么。

你们相处多久了？

十年。

不可能和好吗？

不知道。

你可以去找她？

嗯。

她在哪里？

水城。

水城？

水城。

楚儿惊讶。

你能找到她？

她还有一个星期就结婚了。

她是谁？

他便说了她的名字。

是她，真的是她，原来她就是楚儿男友现在的女友。

不错，就是她。

你跟她相恋十年，我跟他相恋十年，她们在一起才三个月，加起来二十年的爱，还不如三个月？

哈哈，爱又不是加减法，男人苦笑，是，二十年不如三个月。

爱情是什么呀爱情是什么？楚儿从床上坐起身子，忍不住抽泣起来。爱情到底是什么呀？

是狐狸和乌鸦。

为什么？

不为什么，就是这样。

你很爱她?

很爱很爱……

她躺在他的怀里，伴着他的呼吸进入了梦乡，谁能想到，这样一个温暖的怀抱，还是有人要逃离。

楚儿现在才弄明白，他在酒吧要她弄明白的事，原来是这样。可是，她还有一点不明白，天亮后她想，他们睡了一夜居然什么也没有发生。

旁边只有一条空空的被子，他早已不知去向。

又是一个沉醉的夜晚，人们仍旧步履匆匆，赶着属于自己的路，街灯妩媚多姿，映照着城市虚浮的繁华。一张不再安分的面孔被昏黄的路灯漂洗得苍白失血，寒风猎猎，夜又深厚了一些，酒吧间里别有一番天地，楚儿走进去，开始了她新的一天的欢乐。她并不是想到这里来找寻昨晚遇到的那个男人，爱与被爱，执着与背叛，一切皆归于虚无，她只是想更自由，醉是她生活的全部，堕落才是真正的人生。

楚儿当然不会知道，此时，那个男人正坐在去水城的车上，他不想这样虚度时光，空耗生命，他要去解决问题，不管结果怎样，他要做最后的努力。

有谁知道冬天的故事

　　在我二十六岁行将结束的冬天，我仍旧只身一人在刮着寒风的南方城市往来穿行，打发属于自己心情的日子，身边走过一对对穿着羽绒服的男女，脸上洋溢着温暖和幸福的微笑，步履柔软、缠绵。

　　踽踽独行的我，有时会在路边伫望良久，提起的脚始终有些举棋不定，林立的高楼在茫然的视界里颠倒循环，这个我生活了三年的城市原来却是如此的陌生。从超市出来，卸掉嘈杂的喧嚷，迎头是繁华的都市夜景，站在门口，居然不知道何去何从，闪烁缭乱的灯光把我弄得晕头转向。还是回到自己的小窝吧，那才是可以温暖我身体的家，尽管我的心还是无法摆脱无边孤独和凄凉。

　　楼下还有车在频繁开过，偶尔会响一声低沉的嗽叭，行人的声音零零碎碎，唯自己在世界之外，孤孤单单一个人。不睡觉又做什么呢？桌上的书现在已经提不起一丝兴趣，再放门德尔松的交响乐，这位死于三十八岁才华横溢的德国音乐天才，他的那些曾经使我无比快乐和依恋的曲子，此时一样不能解慰我的寂寞，时间尚早，我还是上了床。

　　缎面缀花枕细腻柔滑，聊可给一个冰冷的人以温柔梦乡。

一

我的名字叫叶千寻，从一所不入流的大学毕业，三年前一个乍寒还暖的冬天，北方已经很冷，在火车上几天的摇摆颠簸，便来到了这里。感觉这个城市太复杂，我经常在闲逛中迷失方向，此间生活的人形色匆匆，川流不息的车辆常常让我不知所措，很多时候我总是傻愣愣地站在路旁，等待对面的红灯变成绿灯，才加快步子走过去，跟这个城市的许多人擦肩而过，什么故事都不会发生，闲暇里更多的时间我用来上网、听音乐和画画。

从我出租的房子通往街道的拐角上，有一家新开张的Pizza店，名曰福劳斯，上下两层，下层作客厅，楼上为储备仓库，领品柜台设在客厅里面，玻璃划下一条优美的弧线，取下一块，便开了一个窗口，从此传递杯盘。

应聘我的即是这个店的老板，说是老板，跟我想象中的饮食店老板五短身材挺胸叠肚的形象实在相差太大，一张瘦削的脸轮廓分明，合中身材，眼尾微微上翘，嘴角线条垂伏，似乎永远挂着华丽的忧伤，给他平添了几分沧桑之感。我把简历呈上，他不动声色地看了几分钟，才抬起头，打量我一下，小姐，你知道，小店做的是小本生意，而且刚刚起步，招服务生，你这么高的学历未必用得上，谢谢你！便把简历还到我手上，给我一个歉意的眼神，意思是叫我离开。

闲散惯了的人，我并不在乎店的大小，只爱它工作的轻松和简单罢了，去挤人才市场，实在是让人受不了，我收起资料，向外走了两步，又回过头来，老板，其实做什么工作都是一样，虽说我刚大学毕业，但很能吃苦的，以前我在校外餐厅打过短工，相信我会做得很好。也许是出于对老板好感，尽管待遇平平，我却很想在这里上班。

难得你这么诚心，倒是我小店的荣幸了，当然，我也不会让你在这里误了前程，如果哪一天你觉得不想做了，或者找到了好的工作，都可以辞工的……

原说无商不奸，没想到这个老板竟如是开明，真好，他叫陈白篆，不过三十岁的年纪，成熟内敛。

二

门面不大，共五、六个人手，也勉强可以应付稀稀来临的顾客。

上班第一天，生意一反往日，似乎是我的到来带了财运，实在好得不能再好，还没来得及办理最起码的入职手续，便系上白篆递过来的围裙，奔走着接受客人的使唤。

披萨不过泊来品，年老的中国人大多不喜爱，或是嫌味道太厉了，上班一族似乎对外来货有特别的好感。这也是，午间匆匆忙忙，谁还有心情慢条斯理吃一顿丰盛中饭，一块干贝虾仁Pizza，再随便要一杯加暖的奇异果沙，在温馨的氛围里慢慢享用，这种吃法，感觉生活也很小资了。

咦，我们店吉星高照，怎么今天生意兴隆至此，叶千寻，是你带来了好运啰。工作间隙里，老板说话也如此开朗，看来我的眼光没错，果然不是一般暴发户小商贩似的难处。我莞尔一笑，不说什么，埋头收拾杯盘、擦拭桌子，既然刚来就有如此好印象，也不可轻狂呀，来日方长。

数天后，大家已混熟，几个人往往一边忙碌一边说话，到也亲切，气氛这么好，主要是白篆不以老板自居，大家才这么开心，时间总是一晃而过。

是众里寻他千百度的千寻吧？但愿多多来些人到店里来寻。白篆一甩围裙，逗得大家一起大笑。

你也太贪心了，就这样也不可开交了，都来寻，只怕挤破你小店，到时可别怪我！我传给顾客碟子，转头对白篆。

好啊，正好扩大经营呀，再开个分店，升职让你做老板。白篆笑得开心，沿着旋梯往上攀。

做老板娘吧，不知是谁说来，惹得满堂哈哈。

三

日子总是繁忙，白篆平时跟我单独说话极少，接电话时习惯性地皱着眉，嗯，好的，好好，到时再说，好不好，嗯，没问题，听不明白说的什么内容，此时的白篆，嘴角的一缕忧伤一浮而过，顾客从钱匣里抽钞票，白篆放进抽屉，找钱。

人既年轻，又有几分老成，干着自己的小小事业，看着便是极可靠的男人，那些闲得无聊的白领小姐，晚上也要来喝杯安神茶，说是夜里睡着安生些，要不然，白日里精神也难得有好的时候。

我也每天都饮一杯，偶尔去外地一两天，还有点不习惯。白篆积极迎合，于是对方啜饮一口，谈开了话题，说享受过某某地方的意大利菜，确实好，要请白篆。

此话当真，我是极爱吃的哦。

对方一听，有几分得意，以为白篆欢喜赴请，OK，那明晚去……

好是好，白篆忙着手头的活，稍事停顿，只是，不敢离开啊，你不知道，这里的人都是少有的人精哩，我就这点家档，这一走，他们不把我小店背走才怪，于是，白篆故意张眼环视大家。

真是胆小如鼠，女顾客不失风度地一笑，你这小老板，也不怕员工说小气。

哪里，本人向来都是很绅士的，只是老板娘拘管得紧，不敢轻易出门，白篆也打个哈哈。

一听原已有老板娘，只好掩饰心里的吃惊，再东拉西扯几句，坐几分钟，走了。

晚上十点半关门，小女孩们还要去逛逛商店，叽叽喳喳出门去，我也收拾东西，准备回家，白篆坚持送到我楼下，说是为答谢我给店里带来好运气的一点表示，并不上楼。

天冷，小心点儿，被子盖严些，睡下不要老在床上动来动去，就会暖和点儿。白篆素来是要婆婆妈妈叮嘱一回。

知道了，我又不是小孩，你回去吧，其实说这话时，也做出了小孩似的不耐烦的样子，横生一种依赖，说不得，心里禁不住微微感动。

四

虽说是披萨专营店，到底也是经过改造过的中国式披萨，加上焗烤的香饭，美味点心，也是较为全面的餐厅了，白篆说这是洋为中用，所以人来人往，热闹非凡，白天实在太忙，晚上九点过后，人相对会少一点，十点方才打烊。

我这个很少动情的摩羯座女子，一旦喜欢上谁，一颗心就再也收不回，今天是个特殊的日子，可以陪我逛街吗？

美女邀请，安敢拂此盛情，必须可以呀，何况，我也好久没有出去呼吸外面的新鲜空气了。故意文绉绉的，白篆看着我，眼睛明澈如水，然后将钥匙丢给了小彤。

在"多仑多"吃了东西，转眼就十一点，只希望这个夜晚不要流逝，我怕一个人打开房间走过地板空荡荡的回响，怕卷着被子想着白篆时在漆黑中的孤独与无助，怕白篆……怕他不在身边。我是不是有点走神，白篆用手在眼前晃了晃，小姑娘，你还没有告诉我是什么特殊的日子呢？

哪有男人打听女孩子的事，偏不告诉你。

两人说说笑笑，又逛了大半天，时间过得很快，街上的人影稀稀落落，运河沿岸的霓虹街灯蜿蜒闪烁，延伸开去，消失在灰暗遥远的夜色之中。

靠着栏杆，河面波光粼粼，有风吹过，轻轻拂起我的长发，白篆伸手抚了一下，小孩子，夜深了，回家吧！他拉住我的手，好暖好暖，同时有一块冰凉的东西印在我手心。

祝你生日快乐！是玉石戒子，白色里有游丝般的绿，白篆暖洋洋的怀抱环住了我，好漂亮的臂弯，戒子是廉价了些，希望你喜欢，咱们回去吧，我刚已经给他们打了电话，生日蛋糕已经准备好了。

一袭温柔的情愫覆盖而来，大片的幸福覆盖了我的全身。

我不知道风，是在从哪一个方向吹。

五

我这个安分的女子，没有大红大紫的梦想，更无发财的欲望，习惯了没有风雨的日子，只希望与一个可以相依相偎的男子彼此相爱，便知足了，女强人绝不是我要做的。

南方的天是这样冷，无数个夜晚，冷风叮叮咚咚敲打着门，发出恐怖的声响，裹紧被子，还是觉得不安全，折腾多长时间，一双脚还是不能暖和起来，是呀，老在床上动，怎么会暖和呢？

千回百转，梦里寻他千百度，叶千寻，自己也不明白，这个小女子，为什么总是为白天的一个个细节入迷。

近来城中各种饮食店风起云涌，门面租金又极贵，生意着实难做，多数商家为了能多捞回点成本，早、中、晚以各种餐品菜点推陈出新，福劳斯当初本来是专营披萨，生意做不下去，只好又增加了花茶、冰淇淋、点心、焗烤系列、各色例汤。这样做的缺陷是多而不精，未必能赚钱，我建议白篆放弃一部分产品，把推广和服务做好。披萨店在本城其实少之又少，这个才发展起来的新兴都市，人们对新事物往往缺少品味和耐心，福劳斯在报纸上做过几期广告过后，一时间人满为患。

三号桌，一个浓装艳抹的女子叫餐，来一个乳酪奶汁海鲜焗烤饭。

我走上去，小姐，不好意思，本店现在只做披萨，不做焗烤饭，抱歉！

要一个乳酪奶汁海鲜焗烤饭。这女子拿起菜单，声音有增无减，仍然坚持。

小姐，不然加个培根Pizza或是夏威夷Pizza，你不妨试一试，味道挺鲜的。

白篆不知什么时候挡在我前面，千寻，这是以前我们店的主管，兰珊。

阑珊，什么意思？我还没有搞清楚，就问出了这句话。

不妨理解为灯火阑珊的阑珊吧，白篆笑着解释道，店里同事个个面面相觑，披萨店营业不到一年，小彤从白篆开张第一天就来上班，从没有谈到过兰珊，又何以来主管？此时店内一片寂静，弧形玻璃窗内冒着白气蒸腾，白篆收拾一下，跟着兰珊往外走，既然只是先前的主管，何必又对她这般千依百顺。

直到打烊，白篆才回来，身后跟着兰珊。

我和小彤下班回家，走过白篆的身边，他停下，不语。往日，他会跟上来，然后问一句，要我送你吗？我说你要送我吗？他说，当然，如果我不送你，我就不会问你。我说，如果我不要你送，我就不会回答你。白篆又说，那好，既然我已经问过你，证明我是诚心送你，并且，你已经回答我了，是同意我送你，是不是？我说，那好，既然你问了我，而且我回答了你，你就应该送我，如果有一天，你不送我，你就不要问我，我也不用回答你，那时，咱们各走各的路。白篆又说，如果哪天不要我送你，我就不问你了……几乎每天都要故意这样纠缠一回，两人才牵着手，一起哈哈大笑。

白篆跟兰珊站着，他没有问我，我和小彤走远，许久后，我才回头去，白篆和兰珊，在街灯零落的尽头，一起向着白篆的住处走去。

夜暗朦胧，树阴投下幻幻的光碎碎的影，仿佛落下一片片的冰霜，清冷而薄寒。

六

清晨，我早早便去上班，兰珊坐在收银柜台，没精打采。

白篆跟谁在楼上仓库里搬东西，我径直来到楼上，白篆，不好意思，我要辞职，请结算本月工资。

什么意思？白篆反问。

你自己清楚。

白篆不说话，嘴角挂上久违的忧伤，沉默许久，方说道，你听我解释。

不用了。

十年前，我父亲得了肺病，欠下几万元的债，寻医问药无效，那时我刚二十岁，初来乍到，不名一文，是兰珊帮我找了一份不错的工作，素昧平生，她还借钱给我，治愈了父亲的病，我才有了今天，现在兰珊有难，我不能不帮她……

帮她，那昨晚又作何解释？

我睡沙发……

诡辩！我听不下去，拿起钱，丢下围裙就走，白篆，如果你这样做很安心，那好，祝你快乐！跌跌撞撞下楼梯，泪水止不住抛洒滚落。

千寻，千寻，你听我解释，白篆追上来。

我什么也不想听，沿着马路拼命狂奔……

眼泪流过，伤心是多余的，缎面缀花枕湿了一片……三年，不过宇宙洪荒里的一粒微尘，人世纷纭，光阴迟缓而急迫，感觉到的是冬天的孤寂、寒冷和伤痛，又相继历经几次浮光掠影的恋情，只不过都是过眼云烟，飘去了，淡漠了，无痕迹。而那个冬天，以及那个冬天里的故事，还在缠绕着，挥不去，无人知晓，无人明白，人太傻，夜太长……什么是真的？什么是假的？爱又是什么？为何我总是踏着虚空？这难道仅仅是个误会？如果说我的感觉是真，那么我的心岂不是假？相反呢？若感觉是假，那他的心岂不是真？若我是假，我的心也一样虚假！可能吗？那我的痛呢？也一样是假？

寒冷的午夜，抱被无温，陈白篆近在咫尺，他眼神的里淡定，嘴角上华丽的忧伤，那暖洋洋的怀抱，那漂亮的臂弯，还是那样的真实、感人……千回百转，寻寻觅觅，我爱的人，在茫茫人海，还是在灯火阑珊处？

天作之合

一

才子长长地呵了一口气，已经疲倦得支持不住了，可是幻想的神经还在朝一个方向没命地拉车狂奔，他把笔扔在台案上，纸上立即画出一个美人，披泻万缕青丝躺在那里柔情似水，才子眼睛亮了，一闪一闪，像启明星，他只一伸手，那女子便微微动了一下，头发也荡漾起来，一会儿，像拉开的紫色的幕布，遮住了他的眼睛，才子支着下巴伏在桌案边睡着了。

"我在哪里呀，绿鹃呢？"刚醒过来，才子忙不迭地喊，书房里没有人，才子睁开眼睛便吓了一跳，伸手不见五指的黑，收回手来，感到抓回来的是一匹窗缝里溜进来的风。

"少爷，少爷，你醒了……别扯我的裙子，别！"

"哦，哦，"才子明白了，手带回来的不是风，而是丫鬟的裙摆，"深更半夜的，干吗不走，我要睡了。"

"谁不走了，你一直托着腮帮子我以为你在看书呢，没想到你在睡觉，我才吹灯要走，你就醒了……瞌睡虫，告诉老爷，可不是闹着玩的！"

"小蹄子，谁让你告诉老爷，你嘴碎，小心我揭你的皮。得了老爷的势倒来要我的强，明儿告诉太太，撵你出去配个小厮是正经。"才子火从心起。

"出去就出去，终究是要出去的，晚出去不如早出去的好，你不告诉我刚才你叫的人是谁，我就告诉老爷你在书房里睡觉……"

"罢罢罢！"才子说，"我可说什么来着？"

"绿鹃，绿鹃是谁呀？是不是那个？千金，虎背熊腰的，你也喜欢她呀，拜托，我的少爷，有点品位，好不好？"

"别家可是杨贵妃的脸蛋哟，杨贵妃你知道吗？古今天下第一美人，能得到她的一张脸算是不错了，如果她嫁给我，我再花钱给她去做纤体不就行了吗？那时她就是一个完整的杨贵妃了！真是傻，你这个死脑袋。"

"行行行！蠢货，那就叫太太去提亲好了！"丫鬟点亮灯，没好气地说。

"你说什么，你敢叫我蠢货，你敢骂我！"才子叫起来。

"是蠢货，可是蠢货也有好坏之分呀，要是绿鹃知道你娶了她将来会不惜花钱给她瘦身，她肯定会喜欢你的！"

才子笑盈盈，拿起刚才扔笔涂下美人的那张纸，怎么越看越走样，却是八字没有一撇。

二

丫鬟去后，才子一直到五更天才睡，他决定明天就告诉太太，找人去说媒，想尽一切办法把绿鹃娶过来，要不然这书是看不进去了，还能考什么功名。毕竟，吟诗作对终究不是正路，空有个才子的虚名可不行，得现实点，我这种人的特点就是不够现实。才子想着这些，想着绿鹃，考取功名后张灯结彩的热闹场面似乎就在眼前。此时他恨不得把"四书""五经"全都嚼碎咽进肚子里，随时都能作出让主考官拍案叫绝的八股文。

次日才子起了个大早，眼睛半闭半开，胡乱梳洗了一下，带上门出去了。过东厢房，才子恶作剧地尖叫了一声，并把窗扉轻叩了一下。五姨太知道是才子，便冲着正在系裤子的老爷说，才子该娶媳妇了。老爷的反应是对着窗子外面吼了一声"滚！"他觉得才子不好好念书，一天老是想着跟姨太太、丫鬟们鬼混，实在令他失望。

这天才子第一个到老太太这边，老太太也刚起床，见才子来了，高兴得什么似的，不住口地夸道："这才是读书公子的样子，别像你老子那样，每天跟姨太太们鬼混，早睡晚起，那么多女人也不知餍足，这几天早上都不来请安了。"

才子坐在摇椅里等着兄弟姊妹们，他要当着老太太、太太、老爷和众姨娘、姑娘们，把要娶绿鹉的事当件正事来说，他这样下定了决心。

不一会儿，太太、兄弟姊妹们都会齐了，还有老爷跟五姨太没有到。众人问安毕，各自回房去了，才子本想当着五姨太和老爷把娶亲的事向老太太说，因为五姨太会打圆场，他们从小一块长大知根知底，是最最契合的。

没想到直等到众人散了老爷跟五姨太才来，老爷向老太太问了安，老太太就到外面转去了。老爷问才子在这里为什么还不走，"学里今天放了假不是？什么时辰了还在这里磨蹭。"

"好像有什么心事似的，你看他眉头都拧成一个疙瘩了。"还是五姨太了解少爷。

"我……"才子一下子涨红了脸，指着自己的鼻子问五姨太，"你说我有心事？"

"没有吗？"五姨太笑声朗朗，"别蒙我，才子，自小你什么事瞒过我了，看上谁家小姐了，说出来，五姨太为你做主，说不定跟老太太一说，老人家一开心就把事办了也未可知。"

"绿鹃。"才子冲口而出，他怕一犹豫就失去了说出来的勇气。

"多咱的事？"五姨太问才子。

不等才子回答，老爷逼过来，恨恨地说："叫你好好念书，谁叫你去注意这些不正业的事了，曾不闻书中自有颜如玉，读好了书，替圣人立言立德，才是大丈夫的本事。"

"少来这一套，少爷都二十多岁的人了他还不知道。少爷该有个自己的女人了，不过绿鹃并不怎么样，其实女人嘛，脸蛋好只不过是口感好，蒙了脸都一样，最要紧的是身材，宁愿找个没有脸的西施，也不愿找个虎背熊腰的杨玉环……"

一番分析，老爷也佩服五姨太，说她有道理，是啊，就像五姨太，脸蛋虽是一般般，可是身材好，手感就好，所以……老爷的想象开始爆米花，不便说出。他也打算为才子选一个身材好的女人，有了一个不错的腰身的女人，没准才子就会找到作八股文的感觉。想象中的漂亮女人，只不过是几句抒情诗，不得八股文要领。他回忆起自己结婚后第二年就中了举人，这一生的大彻大悟，他都是在女人身上找到的。

他们一起走出老太太的房间，五姨太对才子说："我记起来了，是柳员外家的女儿，叫蓝鹃，刚十八岁，身材好极了，跟西子一样。明天我们一起告诉老太太，让她托亲戚做媒，一说准成！"

三

才子回到书房，把所有要带到学堂里去的东西都收拾好，坐在椅子上发呆。他对学堂里的功课讨厌死了，再一个就是讨厌先生，老是叫他将一篇文章写好几遍。他想，其实先生也未必"好德如好色"的，谁知道他以前嫖娼宿妓寻花问柳的得了女人的启发，要不然他教书匠的资格也未必能混上。

才子越想越没意思，读了那么多八股文，感觉自己仍旧没长进。才子想，还是诗好，想着想着他就开始作起诗来，作了一首七言律诗，觉得起承转合精当绝妙，唯一不足的是起句粗俗了点，于是抹去了。才子又想，起句不就是蓝鹃的脸吗，五姨太说蓝鹃的脸一般般，这不恰到好处了，前一副对子圆和工整，第二副婉柔细腻，全诗结句峭拔响亮，就好比蓝鹃的上围浑圆饱满，中围柔软纤细，下围……

才子决定有一天把这首诗交给蓝鹃，可一下子怎么也想不起来被自己涂抹掉的几个字。

四

这天早晨才子起得晚了点，不过还好，到老太太房里的时候，老爷、太太、姨太太、兄弟姊妹们都没有走，一溜儿站在老太太屋里。

老太太问："刚才我听你五姨太说你喜欢柳家的蓝鹃，可是真话？"

才子不知道说还是不说，五姨太便踢了他一下，怂恿他说出来，可是他真的说的不是蓝鹃，他喜欢的其实是绿鹃，况且他没有见过蓝鹃，不过是想象的罢了，就像他写的诗一样。

老太太说："也该是娶媳妇的时候了，柳家和我们家这边是老亲，能有甚大碍，不过上次我见过那丫头一面，身材虽不错，只不过娇弱了些。你自己就文文弱弱的，你看我们的家业一天衰似一天，如果真有个好歹，还能指望她来撑这个家？我看还是酱油铺何大妈的女娃儿好，你看他父母在外头跑生意，她一个人把喏大个铺子打理得有条有理的，女人嘛，其实脸蛋身材好不好都是一样的，几年一过，生儿育女，腰大了，脸又皱了，都差不了多少。"

才子一言不发，回到书房气得跺脚，一拳打破了一面镜子。完了，我不是自讨苦吃吗？老太太说的时候，老爷、太太都在不住地点头。娶酱油铺里的何赛花，我就完蛋了。才子那次骑马经过酱油铺就看到过何赛花，赛什么花呀，简直他妈的恐龙，一副未老先衰的样子，我虽生于末世，命不好，也不该娶这样的女人做老婆。

五

好歹也是曾经盛极一时的名门之家，虽如今只是空架子，可是对于酱油铺这样的暴发户，还是有吸引力的，老太太找人一说，据说那边一家人欢天喜地就答应了。酱油铺一家人还说，只要他家裁度些丫鬟婆子少养几房姨太太，不知要节约多少开支呢，等几年才子做了官，重整家业，还是曾经的望族。不久，老爷太太打点择日迎亲，才子祖命难违，有苦难言。不管是要杨玉环的脑袋还是西子的身材，比奇丑无比的何赛花也要强百倍，才子无可奈何。

才子每天坐在书房里，等待娶亲的日子，仿佛是等待世界末日来临，对学堂里的功课没一点兴趣，他想笑靥溢人的绿鹃，风姿袅娜的蓝鹃，虽然她俩都有缺点，但她们的优点都是很有名的，杨玉环回眸一笑倾城倾国谁不知道，西施浣纱的风采哪个不清楚，才子想，得到了她俩中的一个就等于得了杨贵妃和西施，我是一个世家末世的才子，我有自知之明，能得到她们的一部分就行了，要我跟何赛花这样的女人同眠共枕，打死也是不干的。

六

才子三天三夜没有睡好，左思右想，唯一的办法是离家出走。于是写了留言书，说明自己不要何赛花的种种理由，写完后，便折叠起来放在一边。这晚才子没有吃饭，一遍又一遍地读他最讨厌的一篇八股文，哪里是读呀，简直就是哭。累了，声音哑了，就伏在桌子上睡着了。

不知什么时候，"砰"的一声响，把才子吓了一跳，"谁？"

"你好吗，才子？"一个女声说道。

"我不好，"才子没有问她是谁，"你出来呀。"

"你知道我是谁吗？"对方问。

才子想回答不知道，可是觉得这声音很熟，于是说，"我一直等你。"

"我是不是太天真了？"女子道。

"我也是，哎，我干吗老这样虚掩着门等你。"才子灵机一动，指着虚掩的门说，"你进来吧！"

"丫鬟来了，我马上就走，你看看那张纸条，在你桌子上面。"

可恶的丫鬟推门进来，"少爷，刚才又在跟谁说话？"

"没有，你看我这儿有人吗？"才子说，"你耳朵是不是有问题。"

丫鬟放下茶水，在书房里转了转，没有发现什么，便走了。

才子这时才发现桌子上他写的留言书旁果然盖着另一张用灰色的书写纸写的纸条，上面歪歪斜斜几个字：我在海边等你。

七

才子不知走了多长时间才到达海边，夜深人静，月华如水，远远地，一个女子，作一袭轻若蝉翼的藕色长裙，站在沙滩上，凝视着波澜起伏的海水。

才子走近她，说，"你是那位姑娘吗？"

女子说："你可是我要等的那个人？"女子仍旧凝视着月光下的沙滩，来自江上的风轻轻飘起她轻纱似的长裙，更显得她身姿曼妙，曲线玲珑。

才子说："当然。"

女子说："我是不是太天真了？！"

才子说："我也一样，姑娘，你叫什么名字呀？"

"我叫杜鹃，"姑娘一脸的单纯让才子感动，单纯得好比一滴露珠，不含任何杂质，透亮明澈，才子激动万分，忍不住挽起了她的胳膊，双双坐在洁净如洗的沙滩上。

才子问："你怎么知道我的？"

"我知道！"女子说。

"你为什么要找我？"

"我知道你苦恼，"女子泪眼汪汪，"我不想你痛苦，我要跟你一起在海滩上看月亮。"

……

海潮上来了，两个远离人类喧扰的孩子，躺在沙滩上，在月光里浴洗着，就像海滩上两枚并置的经过时光洗涤的贝壳。

"望帝春心托杜鹃……杜宇声声不忍闻……一声杜宇春归尽……哇，你的名字真好！"才子说。

"喜欢吗？"

"喜欢！"

杜鹃姑娘枕着才子的臂弯，眨着星光一样的眼睛望着无边的月色，海潮静静地沉吟。

"像做梦一样。"杜鹃说。

"嗯，是吗？真像在梦中。"才子把头埋在杜鹃的长发里，深深地呼吸，"真像做梦一样！"

"梦不要醒才好。"

……

月朦胧，星惺忪，夜深沉，海呼啸。

"才子，我相信，我们是命中注定的，"杜鹃说，"但我还是要证明一下，可以吗？如果……"

"需要怎样？"

杜鹃没有回答，然后把身上的裙衫一层一层褪去，牵着才子，奔向大海。

十米之外就是起伏的海水，姑娘一丝不挂地将洁白如玉的身子平躺在沙滩上，示意才子也把衣服脱掉，才子照着做了，然后靠近杜鹃，拥着她月光般细腻柔软的身子……

杜鹃推开了他："才子，才子！心！心！心！爱！"她清泉似的眸子流转着，她望着他，轻轻地呼唤着。一声，一声，这声音，似雨如尘地降临……

杜鹃坐起来，掬起一把细沙，在才子的胸脯上堆起一个桃形的心，然后他们紧紧地贴在一起，融为一体，于是这颗心便镶嵌在他俩的胸腔了。

他们在沙滩上翻滚着。

海浪澎湃，他们慢慢地停下来。

"一，二，三……"如果数到九，他俩共有的心还属于他们而不属于潮水，那么他们将永远在一起。他们用了全身的劲紧拥着，杜鹃带着乞求的哭腔数着，"五，六，七……"海潮汹涌而上，将他们彻底淹没……潮退去，两分离，粒沙无存……唯有月光照耀着杜鹃静静流淌的两行清泪……

"才子，对不起了，我要走了，我们不能在一起，"杜鹃哭泣着，一边穿戴，"梦该醒了。"才子一头栽倒在沙滩上，也哭了起来。

杜鹃走了，消失在茫茫的海岸线。

八

才子坐在寂静的书房的地板上，书丢了一地，眼睛直直地盯着墙壁，丫鬟问："怎么坐在地上，少爷，又在想谁家的姑娘了？"

才子不搭理，目光呆滞，像是疯了。不多时，家下婆子丫鬟随老太太、老爷、太太来了，就着才子的耳朵只管叫，"才子，才子……"

声音传向四方。

不多时，才子终于醒过来了，他是被一股浓烈刺鼻的酱油味弄醒的。

纹画生命的彩虹

悲伤的情绪弹不出快乐的曲子。

失恋了，相恋两年的男友去了英国，有人告诉我那边有他的大学同学在等他，那女孩有一个好听的名字，叫茉莉。可我不是茉莉花，留不做他，我是一棵无名的小草，只有在这个世界默默无闻，自生自灭。两天没吃饭，照样上班，服装店的工作，每天面对顾客，强颜欢笑。

早上跟兰姐请了假，去哪里呢？不知道，如果一次痛快能忘掉烦恼和忧伤，做什么也无所谓。我打他的电话，不通，再打，还是如此。怎么这么傻呢？我笑自己，他已经离开一周了，总是想象着忽然能听到他的声音，尽管我对他已经怀恨在心，可还是想他，想他抱住我，赖在他怀里，打他，渴望他现在就出现在面前⋯⋯这样胡思乱想，漫无目的地逛了新风路的半条街。

拐进新风商城一楼，走走看看，神不守舍，当意识到刚才进入视野的东西引起我的注意时，便后退了两步，这是一张纹身广告画。

纹身，我不由为之一震，不是在身上用针刺上一些图案吗？听说是以前江湖帮会为刻画身上标识所用，可是现在街上经常都可以看到纹了身的人，他们多数把图形纹在手、臂、肩、脚等显眼的地方，却说有的人也纹在隐密处，纹上小狗小猫花鸟虫鱼龙蛇虎豹等图案，常常引起人们的注目。可是纹身对我来说，是一种痛的代名词，那针扎在身上不疼吗？神差鬼使，便来到了日本刺青纹身馆，垂地帘子拉开一半，一位卷发披肩的男子正在画架上描着什么。

小姐，要纹身吗？他问。

我说，是，要纹身。

如果刺起来很痛，那更好，我需要这种痛。这男子便是这个纹身馆的刺客黄师傅，后来我才知道，他是本地纹身界的翘楚，有十年的功力。他上下打量我，小姐，要暂时性的纹身还是永久性的呢？暂时性的可保持三个月左右，他解释道。永久性的，我说，他看着我，小姐，永久性以后很难除掉的哦，你考虑清楚，过几天再来纹好吗？真正的爱就是一生的纠缠，是贯穿生命始终的，我想了想，说，纹一条彩虹，在背上，永久性的，你纹得出来吗？每个人都是一条半圆的弧，只有找到另一半弧才能组成一个完整的圆。当然可以，黄师傅微微一笑。见我有几分羞怯，他说，这是我的工作，人体对我来说只是我的"场"。随后他便拉下帘子，我坐在矮凳上，背对着他，把衣服褪下来，解下纹胸，便把背完全地裸露出来，稍作清洗，他握笔的手便开始在背上来往跳脱，勾画了了。

用针的时候，开始感觉有点儿疼，听着针机的声音，绵绵密密，像细细思念，便忘了痛，一会儿便感觉象小蚂蚁搔咬似的，像他说的那样，刚好能承受，没想到他说得那么准确，看来此人是真正的高手，起初生怕他一不小心扎坏的担忧已荡然无存。两小时过后，我转过脸，镜子里便有了一条七彩的虹。他洗净擦干，抹了薄薄的一层膏药，说好了，满意吗？我说，你纹得真好。

光阴荏苒，每天仍旧上班下班，两三年的时间，仿佛只是眨眼间，我没有再恋爱，时间全部花在学习和培训上，我成了一名服装设计师，作品在国内几次获奖。只是他从到英国后就一直给我写信、打电话，鼓励我，叫我好好干，要我等他。以前我很少给他回信，对她没有把握，因为我是一棵小草，没有茉莉的清香，更无牡丹的富丽。

他终于学成归来，他真的没有变，以前是自己过虑了，他很爱很爱我。

结婚那天晚上，夜深人静，宾客散去，我笑他，选择我这棵小草，放弃了茉莉的花香，不要后悔哦？平时要是类似的情景，他准会把手举得老高，要打我耳光的样子，放下来却成了在脸上轻轻的拍打和抚摸，让我感觉很幸福。此时他没有这样，他说，缘是天定，每个人都是一条半圆的弧，总是在寻找另一条适合的弧，两人合起来，人生才是一个完整的圆。

他脱掉衣服，背对着我，他腰背上纹着一条漂亮的弧线，两端高挑，中间下垂，如倒映在水中的虹……不经意间，泪水打湿了我的眼睛，因为我知道，今生今世，无论是彼此依靠着还是拥抱着，我们都是一个完整的圆，注定终身相依为命。

珍珠梦

渴望呼噜

人们常说，如果是珍珠，在哪儿都能发光。

要是在黑暗里呢？沈绮纹口心相问。为这个问题，她想得额头发烫，还是没有答案。她没有珍珠，所以不明白黑漆漆的夜里珍珠到底能不能发光，真是那样，肯定放在被窝里也璨如明霞。

说真的，沈绮纹只想做一只猪，一只沾床就呼呼大睡鼾声四起的猪，尽管她最讨厌呼噜和打呼噜的人，对自己，她却是无比的宽容，睡着了自己该听不到吧？

沈绮纹终究还是没有做成猪，却成了胡思乱想不安分的猴子，在床上左翻右翻穷折腾，睡眠遥不可及，她逼迫自己默默地数着羊，一只，两只，三只……可是数着数着羊就变成了珍珠，它真会在夜里璀璨生辉吗？这个问题，绕也绕不开。

沈绮纹转动着她黑珍珠般的眼睛想，数羊数珍珠念阿拉伯数字都一样，几天来，失眠不离不弃，纠缠不休，难受死了。

一来二去，沈绮纹感觉自己像个想象丰沛无比的诗人，枕着林浩童的臂弯，入睡是不是就轻而易举了？也许……

沈绮纹厌恶男人上床就睡，而且还打呼噜。

她曾以呼噜为由，跟她前任男友提出分手，连自己都觉得荒唐，他居然一笑置之，虽是情场老手，她还是不免惊心。

小算盘

睡不着觉的沈绮纹想到的是林浩童，一家电子公司的销售总监，说不上有多喜欢，虽然年轻，却也长得腰圆肚肥，沈绮纹想到他肚子上的肉，简直有点受不了，可是为珍珠能否发光这样的怪问题彻夜不眠的时候，沈绮纹认为那样的肚子是暖和的，柔软的，是可以让人挨着酣然入睡，她不明白那些有着运动型身材的男人，除了做爱之外，即使胸肌硬壮腹肌分成六小块又有什么用处，尽管平日她非常喜欢这样的人，只是在失眠的时候想起的却是林浩童。

林浩童会在被窝里给她把一串珍珠套在脖子上，对她说，看，珍珠发光了。

沈绮纹没有打电话给林浩童，打了难道就能入睡了吗？未必！平日很多时候，不喜欢这个男人出现，他却偏偏就在公司楼下的路边，见沈绮纹拎着手袋走过来，便按下Polo车窗，叫着她的名字，继而从驾驶座走出来迎接她，迅疾地转动着笨拙的身体，到另一边拉开车门，讨好地一笑，这样的情景让沈绮纹觉得很滑稽。

正当沈绮纹漫无目的地点击网上无聊讯息的时候，聊天对话框闪了两下，是李少寒发来的信息：你打算在哪里混？我晚上去布鲁斯酒吧。

李少寒是她唯一没有见光死的网友，这个男子，一如他的名字，宁静里有几分阴冷，一米七五的个头，碎发，刘海稀疏，腰线挺拔，骨肉匀称，极少见的标志男人，即便是爱情游戏，跟这样的人玩也不觉得吃亏，初次见面时，沈绮纹心里直撞鹿，完全是梦寐以求的白马王子形象，如果时光倒回五年，她沈绮纹不管死活，掏空脑髓施尽奸计也要把他追到手。李少寒是美容院的化妆师，身边美女如云，现在见到沈绮纹，还是一副处变不惊的模样，是天生冷酷还是不屑？

有谁知道，他们的开始曾是怎样地令人羡慕的浪漫。

沈绮纹大半天不回应，对方打来一连串问号，反正也睡不着，不如跟他去厮混算：好，八点到。

虚掩的心事

在认识李少寒之前，沈绮纹已谈过n次恋爱，对他的漫不经心，她也能应付自如，不露破绽，沈绮纹不着急，让欢腾的小浪花在心里自由跳溅。

李少寒说，绮纹，这么多俊逸儒流，就不打算选拔一个？

一个？谁？除非是你！沈绮纹咯咯地笑，一个不行。

两个？三个？我的天，你也太贪心了吧。

不贪不贪！沈绮纹谦虚得可爱。

我在不在你的名单里？

首当其冲，绮纹说，风流偶傥，才高九斗，不找你找谁呀！

你也太夸张了，九斗？我呀？哎，不行不行，还是赚足了三房一厅的钱再说，我明智着呢。绮纹本来想听到不老实的话，李少寒却一针见血，冷气逼人，对李少寒这样的男子，开始沈绮纹是不打算进入婚姻状态的，其实他也没有必要自灭威风啊，只止于谈一些风花雪月的恋情，很多女子应该是很愿意的，可见李少寒并不是聪明之辈，但他却反说自己明智，沈绮纹窃笑，这个男人，实在是不懂女人心。

只要彼此喜欢，什么都不是问题。这句无意的话也许暴露了自己的心灵密码，像李少寒这样的男人，哪个女子又能真正不动心呢？说罢，沈绮纹矜持地低下了头，样子有点难为情。

那好，不许赖账啊沈绮纹，不妨我们共同富裕，李少寒脸上掠过一缕阳光，快乐在牙齿上闪烁，足以把她心里坚硬的俗念柔化至水。

沈绮纹笑得暖洋洋，觉得肚腹都痒痒的，需要揉一揉才好，看来再坚强、再冷酷的男人也有脆弱和可爱的一面啊，沈绮纹发起感慨，觉得业已大获全胜。

跟李少寒在一起，至少是愉快的，虽然李少寒对她不疾不徐，见面还是有几分的激动，不过沈绮纹掩饰得好。

此时，李少寒正坐在布鲁斯吧台的高椅上转转扭扭，跟里面的女孩嘻嘻哈哈调笑无厌，有什么好的，不过是酒吧间的女子，就这样了，凭什么，我沈绮纹的姿容也是少有的，她就是有点不服。

怀念我们的来来网网

邂逅于网上的人，如果不是居心不轨，骨子里少不了有几分相似的反叛，有可能是虚假的，言语上自然少不了一些放肆，这无可厚非。倘若只是轻描淡写地聊天，怎么也不可能成为见面理由。李少寒，这个现实生活中冷静得像猫一样的人，在线上给人的感觉却是吃了熊心豹子胆野性十足的男子，把她从头顶到脚跟的任何一个部位都描绘得可感可知而又使她忍俊不禁。

严重郁闷，沈绮纹谈起她的往届男友，滔滔不绝。

李少寒发过来一个又一个表示打击的语言图案，说什么都无所谓，反正又不用见面，沈绮纹越聊越过瘾，键盘上的手指如密集的雨点。

怎么样，长见识了吧，小兄弟？

算什么你得了吧，要是把我的情人收罗起来，不吓得你尿尿才怪。李少寒以每分钟两百字的速度告知对方他传奇般的爱情罗曼史。

沈绮纹不信，她认为网络流氓大多是现实生活中的谦谦君子，生活太压抑了才在网上宣泄。相反，沈绮纹认为李少寒是一个色心鼠胆涉世不深的少年，话语中的张扬可以确定他是一个八〇后小青年，沈绮纹这样说的时候，李少寒坚决反对。

我已是老男人了。

有多老？

七八十岁。

倒过来吧，十七八岁。

真的。

你别小瞧本小姐了，把我当白痴，没搞错。

真没骗你，不过，虽然偶七八十岁，看起来差不多二十几岁的样子，偶保养得好。

哈哈。

像老人一样成熟，像少年一样艳丽，照镜子自己也有惊艳的感觉……李少寒，这是我的真名。

李少寒？

对！

你别开玩笑，李少寒是她刚对他说起的她初恋情人的名字。

都市恋情的浪漫设计

红颜薄命，沈绮纹相信这话，但不是所有的人都愿意把自己的一生交给一句话的，尽管这句话是真理，沈绮纹纵然绝艳惊人，而于她自己，也是奢侈和无意义，花应时而开，终归要冷落成泥，见到李少寒，以为自己流浪的青春从此将枫桥夜泊，享受温柔宁静渔火，但那是诗，沈绮纹不相信。

然而，一切却都是诗歌的意境。

从网络到现实，相约在夜晚，一切由天意。

何为天意？天意便是缘分，缘乃天定，分是人为。

一个人，沈绮纹沿着护城河款步徐行，从东向西，一直向前，这或许是一次无望的行程，但每一个灰姑娘都相信有一天会遇到梦中的王子，何况心比天高的沈绮纹？所以她更无从拒绝这样的幻想。曾经一个个的男子，都从生命里飘过，了无痕迹，那都是生命中的匆匆过客，真正属于自己的人，进入梦境，抵达永恒的生命轮回，必将不会再出来。九点，十点，沈绮纹几乎失去了信心，近两小时的徒步行走，脚被打起了水泡，脱下高跟鞋，踩着冰凉的大理石地砖，赤脚一步一步返回。

李少寒，白衣牛仔，提着鞋，光着脚，站在第九十九棵小叶桉下，笑。

沈绮纹！

李少寒！

几乎是同时，向对方冲了过来，热手赤足，激动地绞在一起，霓虹灯闪闪烁烁，一汪星河泛着粼粼波光，河边便有了异样的动人。手牵手，光着脚丫走着，一对天真无邪的野孩儿，从东向西，一棵，两棵，三棵……数到最后，是九十九棵，返回相遇的地点，也一样是这个玫瑰色的数字，有清风吹来，小叶桉哗哗地响，洒下凉夜珍珠般的眼泪。

深入浅出

来到酒吧，沈绮纹记忆的思想便打住了。

目下是灯红酒绿，醉生梦死的生活，李少寒一直就过得如此糜烂，沈绮纹认为自己是个警醒者。珍珠的幻想破坏了她原该平静舒心的夜晚，而李少寒的出现是对此的修复和疗养，但是，如果要以移植生活立场为代价去换取新生，沈绮纹想，那将是冲出旧的牢笼又套上新的枷锁，追求也未免太虚幻了。

李少寒向她走来，风采依旧，化妆师的打扮是独到的，举手投足无不显示其特有的风度，口辞华丽绚美，曾一度使沈绮纹深陷其中，而现在她只觉得可笑。李少寒目光清澈，映照着她鲜活的脸，沈绮纹感觉有火苗明明灭灭，隐约难辨，然而沈绮纹却始终清醒。

沈绮纹，出了酒吧的李少寒走到她的前面，转过身来面对她，你何必又离开，不是说来了一起玩吗？

想到外面走一走，沈绮纹与李少寒擦肩而过，继续往前。

别误会，实在太无聊了，跟她们，我是不会认真的。李少寒紧随其后。

不会认真，沈绮纹停住了脚，李少寒，你哪一回是认真的？

就现在，李少寒上来搂住她的肩，绮纹！

这是第几次？你是不是要做唐璜。

唐璜是欧洲文学作品中花花公子的典型形象，每个女人都想给予他别的女人不曾给予过的东西，她们每一个都深受欺骗，却成全和满足了唐璜能够重复去爱的需求，而将爱情献给他，可唐璜还是一如既往，在他那里，爱的次数成了爱的目的，多情却是生活的意义，唐璜是贵族公子，他的生命在于去追逐，去爱，他是快乐的，而李少寒与之相反。

李少寒语塞，沉默。

沈绮纹不是没有打算过跟李少寒好，三个月前，她走进他那间未曾留下任何女人气息的单身男人的零乱小窝，就决心让自己的芳香渗透他生活的每一寸土地，永久地占领，可是他的洁身自好却使她举步维艰，他畸形的生活戒律让她忍无可忍，她爱他，但她无从贸然逾越，他居然是个伪流氓。从外在上看，无论怎么去观察，李少寒都是风流成性的无耻之徒，这样玩世不恭的男子竟然是真正的君子，让沈绮纹觉得不可理喻，沈绮纹不明白，李少寒到底在坚守什么，这样简直就是自废武功，甚至她都为李少寒感到不幸和悲哀了，那晚，沈绮纹万分羞愧地离开了他的家……

没有什么比放弃爱更可怖的了，可是李少寒就是这样，他总是以他的影子在一个又一个女人间穿行，留下了痛却不留下感情，不，或许留下了欢乐留下了爱，而这爱，没有实体，他却永远忠实于放弃的一意孤行。

选择出走，不仅仅是为了摆脱一个没有生活目标混天了日的男人，还是对曾经寄予厚望的爱情的深深绝望。她无法安然入睡，继续去爱他还是从此华丽转身，她思想一片混乱，仿佛掉进一口深井，如果李少寒是因自己不够富有才茫然无措，心无所依，而自己又为何？在几个男人间辗转不定，是不是自己也恣意彷徨而爱无能？这是不是城市人的病态生存对人性的扼杀……

那晚，沈绮纹就这样在人迹寥落的大街上漫无目的地走着，走着……而路，没有尽头，她后悔走进了真正的李少寒。

带走一盏渔火

远离了酒吧的喧闹，李少寒跟在沈绮纹后面，应该是享受二人世界的平静了，只是沈绮纹感受到的却是茕茕孑立形影相吊的凄凉，觉得自己是走在一条与城市越来越远的寂寞山道上，一直行进无人之境，向前还是孤独……再回头看沉寂冷漠的李少寒，未尝不同样是一个人面对一片虚幻无边的世界惶悚不安而佯作自在。可是，此时的他，分明就是自己灵魂的幢幢鬼影啊，沈绮纹不想这样下去了，他李少寒可以在一个又一个的女人之间漂泊流转，寻觅毫无希望的所谓生活的意义和人生的目标，她沈绮纹干吗也要这样？

她一路挥泪狂奔。

沈绮纹其实明白，李少寒并不是她的初恋情人，那个同样叫李少寒的少年，十年前在一个风雪交加的午夜，出了沈绮纹乡下的被窝，失足在冰河里永远也回不来了，而现在这个李少寒，只不过跟她合谋表演了一场现世的皮影戏，而误以为找到了一尘不染的超人间真爱。

一辆车在她身边戛然而止，林浩童，又出现在她失魂落魄的时候，沈绮纹故作开心，扮出一脸的卡通笑容，却掩饰不住颓废惊虚的眼波。

车横陈在沈绮纹面前，你去哪里？

回家。

我送你。

不。

你家还有那么远，叫我怎么放心呢？

我打的。

上我的车，林浩童谦卑里有自信和霸道，要沈绮纹非上他的车不可，她笑了。

某天夜里，沈绮纹靠着林浩童柔软的肚子问，浩童，珍珠在黑暗里真能发光吗？

当然可以，如果你把头抬一下的话。

沈绮纹真的抬了一下头，一串黑珍珠挂到了她的脖子上，凉飕飕，光闪闪，那晚，沈绮纹彻底睡着了，梦中的沈绮纹回到了十多年前的少女时代，与她朝思暮想的初恋情人荡舟江上，微风簇浪，渔火散着满河繁星。

逼 婚

一

钟晓曦打电话告诉吕艳，马上就要到她这边来。

"什么时候呀？现在是晚上了，你赶车过来至少得十一点！"吕艳
弄不明白钟晓曦这么急急忙忙过来要做什么。

"你别问好不好？人都有为难的时候……"钟晓曦在电话里显得很
无奈，听得出来，一定发生了什么事。

"我不是这个意思，这么晚了，又不叫彼特开车送你过来，我怎么
放心呢，你到底怎么了？"

"你别问，我已经上车了……"钟晓曦不等吕艳分辩就挂了电话。

二

吕艳本来答应晚上陪一个朋友去酒吧，因钟晓曦要来，只得放弃了，
吕艳不明白钟晓曦究竟要搞什么名堂。以前，钟晓曦对吕艳可是言听计
从，而且心里有什么也愿意对吕艳倾心吐胆，可是今天太反常了，钟晓曦
为什么不听她的意见，执意要过来又是为什么？吕艳越想越糊涂。

对钟晓曦这个从小一起长大的朋友，吕艳是十分了解的，因此对

发生在钟晓曦身上的什么事情，她总是显得很有把握。上幼儿园的时候，别的男孩子欺负钟晓曦，她只是看着吕艳哭，吕艳过来戳一下她的鼻子，骂她没出息，见打她的男孩子被吕艳吓跑了，钟晓曦才止住了哭声……

　　一直以来，钟晓曦都处在吕艳的保护之下，两人同龄，可是很多时候，吕艳俨然是大姐，钟晓曦乐意听她的，就连她跟彼特走在一起，也是全靠了吕艳。

。

三

　　吕艳洗衣服、收拾完房间，打开电视，等钟晓曦。

　　她生平最怕的是两件事，一是怕等人，二是怕人不守时。

　　已经晚上十一点过了，钟晓曦还没有来，吕艳打她的电话，钟晓曦一直关机。

　　"死丫头！"吕艳把手机扔在沙发上，气急败坏，台换了一个又一个，没心思看，无聊透顶。

　　一等不来，二等不来，打电话不通，吕艳就狠下心来，准备洗个澡马上睡觉，不理她，看她怎么办。

　　吕艳一边洗澡一边想，也许钟晓曦跟彼特闹别扭，故意关掉手机，气一气彼特吧，说不定两个人现在已经和好了，吕艳笑了笑，披上浴巾进了房间。

　　正要躺下，这时手机忽然拼命地响，拿过来一看，是个陌生的号码，本来想挂掉，犹豫了一下，想看看这么晚是谁。

　　"我到你楼下了，快来接我！"钟晓曦接通电话就扯着嗓门叫。

"你搞什么鬼把戏，这不是你手机……"

"你别问那么多嘛，让我上楼来再说！"钟晓曦说。

四

吕艳被钟晓曦弄得晕头转向，穿上衣服下楼梯，见了她一切都真相大白了吧，她钟晓曦肚子里有几根花花肠子吕艳再清楚不过的了。

吕艳是在四年前因为工作关系认识彼特的，两人都觉得可以交个长久的朋友，从此以后，一有时间，不是彼特打电话约吕艳，就是吕艳打电话给彼特，在咖啡馆里，听彼特说美国那边的故事，吕艳也喜欢聊些家乡的历史典故，两人东拉西扯，常常到晚上十一二点才回家。

彼特的中文说得好，神情、语调，无不显出他的幽默风趣，她曾把跟彼特的一些交往细节告诉过钟晓曦，她非常感兴趣，很想见彼特一面。

"这还不简单，我打电话叫他，肯定马上就出来。"当时吕艳这样说。

没有想到，钟晓曦跟彼特一接触，两人彼此便有了好感，吕艳极力促成，进展很快，两人不久便确立了情侣关系。

五

吕艳打开楼梯铁门马上就吃了一惊，钟晓曦拉着几大包行李正站在那里呢。

"到底怎么了？"吕艳迫不及待地问。

"没怎么。"钟晓曦显得若无其事。

"闹别扭也不必搬东西呀！你说说，这是为什么，我马上打电话给彼特。"

"你别打……我要回老家了。"钟晓曦说。

"回去就不来了？"

"是，不来了！"钟晓曦又说。

"那你跟彼特……"

"分手了。"

"怎么回事，他现在哪里？"吕艳问。

"彼特根本不知道我要走，我换了号码，就是为了不让他知道。"

"恋爱是两个人的事，你一个人说分手就分手吗？"

"可是，只有这样了……"钟晓曦抱住吕艳就哭了起来。

六

钟晓曦跟彼特闹别扭也不是一次两次的事了，去年冬天，也闹过一回。

她出生在甘肃天水农村，父母的观念都很保守，看着周围跟她差不多年纪的女孩子都结婚了，钟晓曦二十五岁了还没有交男朋友（晓曦不敢把自己的老外男朋友告诉家里人），父母每次打电话都问她这事。

其实钟晓曦也着急，就这样跟彼特恋爱下去吗？女人的青春过一天少一天。有一次，钟晓曦把结婚的事提了一下，彼特显得不以为意。

"我们这样不是很好吗？为什么非得要结婚，"彼特说，"我爱你就是了。"

钟晓曦气得脸色发青，她弄不懂，在彼特的家乡是不是男女恋爱就不用结婚？这不可能。

钟晓曦有一次回老家，她把跟彼特的关系婉转地告诉了父母，老人一听是个老外，一想到自己的女儿要嫁到国外去，坚决不同意，并且现在彼特又不跟她结婚，光阴这样耗下去如何是好，叫晓曦立即断了关系。

有时钟晓曦想答应父母在家里找个男友，相处上一年半载结婚算了，可是，她下不了决心离开彼特，她爱他幽默的谈吐，爱他的金发碧眼，很爱很爱他……

可是，不结婚，爱只是空头支票。

七

吕艳跟钟晓曦两人抬着东西往楼梯上走，上不了几步，晓曦就累得气喘吁吁，蹲在地上大半天；吕艳只好由她了，一件一件把她的东西搬进屋子，最后两人把东西搬完，钟晓曦进家就躺在沙发上起不来。

"什么时候变得这么娇气了？"吕艳觉得钟晓曦变化太大了。

一会儿，钟晓曦就跑到洗手间去吐。

"怎么了？你吃了什么东西？"

"没什么，坐车久了有点儿累！"钟晓曦说。

过了一会儿，钟晓曦又去吐，吕艳过去看，却发现什么都没吐出来。

"等会儿，我去给你买点平胃的药。"吕艳关上门就要下楼。

"不必了！"

"为什么呀？等会弄严重了可不是闹着玩的。"

"没什么呀？不会有事的，不会有事的……"钟晓曦在极力掩饰。

"没……没……什么。"

"不准撒谎！"

"我怀孕了。"

八

吕艳本来想问钟晓曦，既然怀孕了为什么还不告诉彼特，说不定彼特知道了有多高兴呢。看钟晓曦太累了，于是叫她睡觉，想有什么问题第二天再说不迟。

钟晓曦躺在床上，把旧的手机卡换到手机上，查一个朋友的号码，开机没多久，电话就响了，是彼特。

钟晓曦爬起来，到客厅跟彼特讲电话，他们是用英语说话，吕艳根本听不懂，刚开始觉得他们都是心平气和的，可是到了后来连续讲了一个多小时，似乎接触到了严重的问题，钟晓曦的声音越来越大，而且愤怒地说出了几句汉语家乡话……窗外，小车的喇叭在响个不住，是彼特的车，彼特已经知道钟晓曦到吕艳这里来了，可是彼特只知道吕艳的宿舍在这栋楼，并不知道她的房间，所以只有开着车在楼下马路上兜圈子。

钟晓曦跟彼特讲着电话，痛苦地大叫，哭泣，吕艳不知道钟晓曦到底跟彼特之间发生了什么事，等她挂了电话，再去问她个究竟，有问题不解决可不是办法。

不一会儿，钟晓曦一边打着电话，一边撕自己的衣服，揪自己的头发……

"晓曦，你别这样！"吕艳出去拉住钟晓曦。

这时手机里传来彼特的声音：

"吕艳，我知道你们就在附近，请你来开门，求你了！"

吕艳听得真切，这样下去可不行，非得把钟晓曦活活逼死不可，吕艳跌跌撞撞下楼去开门。

九

钟晓曦紧跟在后面，想拉住吕艳，不让她去开门。

铁门刚开了一条缝，彼特一个箭步冲了进来，直往楼上跑，与钟晓曦在楼梯上相遇，接着两人扭打成一团，吕艳过去挡在中间，两人还在隔着吕艳拳打脚踢。

"别打了，别打了……"吕艳急得没法。

俩人还没有停止争辩和打斗，吕艳只好推彼特下楼，可是钟晓曦却跟着往楼下追赶，吕艳只好放开彼特，怕晓曦太悲伤和劳累，摔跤了危险，便挽着钟晓曦返回楼上宿舍。可是彼特又跟了上来，晓曦面色苍白，还在拼命挣脱吕艳的手，跟彼特争吵。

"快走，进房间去。"吕艳推着钟晓曦，再上两个台阶就可以把晓曦推进屋子，再把彼特挡在门外。可是彼特已经赶了上来，隔着吕艳又伸手跟钟晓曦推推攘攘，不让钟晓曦回到房间里去。彼特越过吕艳腰际抓住钟晓曦的衣摆拼命往下拉，钟晓曦一下跌在台阶上，肚子重重地磕在吕艳的膝盖上，吕艳也疼得一下软了下去，地下一会儿便有了一摊血，彼特马上停止了动作，瞪着两个靠在一起的女人惊呆了，他以为是吕艳受了伤，连声说对不起。

十

血是钟晓曦流的。

等彼特跟吕艳反应过来，钟晓曦已经昏死过去，送到医院很长一段时间钟晓曦才醒过来，她明白，自己流产了。

怎么办呢？可是钟晓曦满肚子的话不能说出来。

彼特离开了，吕艳问：

"晓曦，你怀的是谁的孩子？"一个晚上的经历使吕艳不得不猜到这上面来。

"别问了，反正不是彼特的！"钟晓曦静静地说。

"你……"吕艳想立即就给她一记耳光，可是看着她脆弱不堪的样子，便忍住了，她不想再问她，如果她不愿意说，问也没有用，况且她现在是个病人。

十一

二十五岁，对很多年轻的女性来说，的确是一道可怕的坎，保养始终是有限的，钟晓曦明白这一点，她不想在二十五岁过后还跟彼特谈着不着边际的恋爱。就是说，她一定要在二十五岁嫁出去，彼特很爱她，晓曦知道，可是没归宿的爱情对她来说形同虚设，她要一个安稳幸福的家。只是一提到结婚，彼特就不耐烦，钟晓曦的心失衡了，爱到底是真还是假？

这些所有的想法，钟晓曦都告诉过吕艳，她觉得钟晓曦作茧自缚。

"难道只为了结婚而结婚？"当时吕艳对钟晓曦这样说。

"那我又能怎么办，我跟彼特一晃就四年了……"

吕艳回答不上来。

此时，钟晓曦刚醒过来，叫着要喝水。见吕艳坐在她旁边，她拉住她的手，泪水扑簌簌地往下掉。

"艳姐，"钟晓曦像一个小孩子，偎在吕艳的怀里，不住地抽泣着："我怀的是……"

"啊，是谁的孩子？"

"郎小芒的。"

十二

彼特对结婚问题的冷淡，钟晓曦把握不了他的想法，她不想把年龄一天一天耽误下去，要是以后彼特抽身回国，自己的年龄也大了，那该怎么办呢？

春节回家，经亲戚介绍，钟晓曦认识了一个男子，就是郎小芒。年纪跟她相仿，她家里的人也认为不错，钟晓曦自己也承认郎小芒不管各方面都是优秀的。可是，一个女人一旦爱上了一个男人，就很难接受另一个男人，尽管后者很不一般。在亲友的极力撮掇下，钟晓曦最终定下了这门亲事。可是两人一交往，晓曦根本没法跟他交流，不是彼此没有共同语言而生分，而是钟晓曦过不了自己心理这一关，一些微妙的细节无不显示出她对郎小芒的拒绝。

按钟晓曦家乡的习惯，如果男女关系确定之后，在不久的时间内就要举行婚礼，一般订婚过后的女子都不再去外地。可是钟晓曦在内心里深爱着彼特，因此，她决定再回到这边来上班，跟彼特在一起，她多么希望彼特在这一段时间答应跟她结婚啊。

回到彼特身边，说起结婚的事，彼特的态度一切照旧。

郎小芒不时地跟钟晓曦电话联系，有时钟晓曦想，不如狠下心离开彼特，跟郎小芒过日子，想归想，钟晓曦离不开彼特。

十三

"为什么不把你跟郎小芒的事告诉彼特？"吕艳不明白一直如此单纯的钟晓曦原来这么复杂。

"我能告诉他吗？我只希望彼特改变他的态度。"

"……"

钟晓曦在家里时对郎小芒的拒绝，点燃了这个征服心极强的男子内心的熊熊烈焰，当他跟钟晓曦联系上，狂热的情感就使钟晓曦不可抗拒，郎小芒在电话里告诉钟晓曦，他要来钟晓曦所在的城市"旅游"。

说来就来，几天过后，郎小芒就过来了，而且很快找到了钟晓曦上班的公司。

"你们闹别扭，是不是彼特知道了郎小芒？"吕艳问。

"不是，他一直不知道，也许现在他还以为流掉的是他的孩子。"

十四

郎小芒刚到的几天一直住在钟晓曦公司附近的旅馆，钟晓曦下班了才去跟他在一起，郎小芒不着急，他说他要接她回家，要她做他的新娘。想到跟彼特谈到结婚问题时他无动于衷的面孔，再看看郎小芒一双诚恳的眼睛和男子汉十足的双臂，当晚，在郎小芒沸腾激情的攻势下，她做了他怀里的羔羊……

不久，钟晓曦确认自己已怀上郎小芒的孩子，便叫郎小芒先回家，她把公司这边的工作交接清楚就回去。

……

"晓曦……"门开了，是彼特，他冲过来搂住钟晓曦，"你为什么要这样，为什么呀？"

"彼特，对不起，是我背叛了你，分手吧！"钟晓曦说。

"不，是我不好！"彼特高叫起来，双膝跪在床前，"晓曦，我不怪你，跟我结婚吧，有吕艳作证！"

"……"

"好不好？"彼特泪流满面，双手抓住钟晓曦的胳膊颤个不住。

钟晓曦的眼里也噙满了泪水，因为她爱彼特太深……

十五

两天过后，彼特打电话告诉吕艳，他们马上就要结婚了。

"什么时间？"吕艳问。

"十一月十八号。"

这是吕艳带钟晓曦第一次见彼特的日子。

锦 蚀

爱你就会伤伤伤自己

一样的多情，一样的感性，一样的细节女子，注定会受到伤害

——作者

一

"若月。"

妈妈又在叫我了，分明听见了，我不理，关着门，歪在床上看小说。她推开百叶窗，向着深巷子胡同里喊。哼！我就是不理。

从前，我是一个古怪的女孩。

如今我已是三十二岁的女人，我明白，只有在心爱的男人的怀抱，我才是孩子，天真和欢乐才属于我。

二

邹栋来我家的时候，是去年元宵节。

我开门看是邹栋，打心里吃惊。他算不上帅气，可这天的打扮却是通身的气派，他嗫嚅着厚嘴唇，想说什么。

"快进客厅坐啊。"说完我把袋子接过来，在手里感觉很沉，过后我打开看，有板鸭、烧鸡等吃食以及巧克力和一束玫瑰，嗯，玩这个，真有意思，我一数，共九朵。

"谁跟你'天长地久'呀！"婚后有一天我跟他这样说，"当时我一点没反应过来，才认识多久，简直是莫名其妙。"

"这么混熟的人，还像小说里写的那样一波三折吗？谈恋爱，早过时了。"说完邹栋嘿嘿地笑，很得意。我无可奈何。

妈妈说，嫁邹栋这样的男人可靠，于是我便决定嫁了。

就这样，没有惊喜，没有激情，平淡如水，翌年的情人节，我穿上婚纱，心中浪漫的旗帜从此倒下，似水年华悄没声息地过去了，可我还是有太多的不甘。

现在我才明白，我生命中的欢愉原本属于一个叫董远际的男人，我不止一次地问自己，我内心如此的纷乱不堪，是不是这个绝情的男人在作祟。似乎我只是一丛斑驳的树影，只要董远际这缕清风一来，我就会一摇而碎……

三

董远际打来电话。

"月月，你让我好找，改了电话又不告诉我，什么意思嘛！说了我们永远做朋友的。"

"你以前的那个电话打不通呀！"我说。

"那号码没用了，改用了全球通的卡，打不通你可以发伊妹儿告诉我呀！"

他改了号码不告诉我好像是我的错，真想发脾气。董远际是永远不会有错的。他的错都是别人的错导致的，责任不在他——他就是这样。相处六年，我们的爱情之所以没有结果，原因在我。"婚姻不就是一张纸吗？何必在乎一张纸呢？"我向董远际提出分手时他这样对我说。都是我的错，是我"太在乎"，不是他的错，离开北京那天早上，我爱恨交织，只想狠狠地告诉他，我们永远也不要见面，不要联系。

难道要以消耗与日苍老的生命为代价来证明我没有错吗？三十岁了，六年的时间，我已经做到了……我决定离开。

离开，唯有泪流成河。

四

董远际从的士里钻出来，我没有看见他，他打了个响指。

"这里，我在这里！"黑色西服扣着一颗扣子，里面穿着梦幻红的毛衣，一副阴阳怪气玩世不恭的样子似乎比以前更甚。两年不见，他并不显老，只是把以前的长发剪成了马掀儿，前面翘着的一撮特别显眼。

"公司派我来打理南方这边的市场，可能要在卅城住上一阵子，有时间一起去玩哟，我住在花园新村。"董远际说着，显得很轻松，他已经习惯了任意支使我，这似乎是天经地义的不容更改，他说，"我没老吧？"

"嗯！"我没法按捺住自己，"我结婚了。"

"是吗？"他说，原以为他会很吃惊，甚至惋惜，可是他并没有显出一点诧异，这些好像都与他无关，一切都在他的预料之中，"祝贺你！"

只差气晕过去了，我对他一直念念不忘。可是他一句安慰的话都没有，哪怕是虚假的欺骗呢，可是我需要。

如果我用六年的时间来经营任何一场爱情，包括与邹栋，也许都不会是现在这个样子，可惜我跟邹栋只有日渐贫乏的婚姻，这不是我需要的，我的爱被董远际这个不该拥有它的人占有了。

五

回到家，邹栋和妈妈已经把煲好的汤给我盛在碗里。

"先喝口汤润润喉咙。"他接过我的手袋放在架子上说，"打你几次电话都打不通，公司还在忙吗？"

"嗯！"我勉强应付着以掩饰内心的不安，他的殷勤只让我可怜他。刚才我跟董远际在一起，把邹栋的号码加了来电防火墙，他当然不会知道。

刚吃过饭，董远际发来短信，叫我去"加州红"。

我没有理他，尽管我的念头在疯长，我还是没有答应，董远际凭什么要我怎样便怎样。

"若月，要不要出去玩，到'加州红'去吧。"邹栋说，我感到吃惊，难道他看到了短信？

"有点累了，想早点休息，明天还要去广州呢。"

邹栋知道了又怎么样呢，我忽然这样想，我相信董远际跟我会有一个全新的开始。事实上，无论何时，我对董远际所抱的幻想一直都挥之不去，在我想来，我们之间随时都有喜出望外的情节出现，邹栋与我离婚，董远际会带我走，跟他结婚……但离婚的事应该由邹栋提出来。

六

爱上不该爱的人，注定不会有什么好的结果，而这该与不该，却永远也弄不清的，都是出于人对爱心存侥幸。明明知道是这样，可是真正跟董远际恩断义绝，我做不到。如果我的生活中没有他的影子，我不知道我会是什么样子，即使他在北京，我也会感受到他的存在，一如我对他的想念，总是一如既往地存在着。

东江，落日，晚霞，黄昏，多少个这样的傍晚，我和董远际开车到江边，沿着江岸漫步，呼吸来自大江的气息，对我来说是心灵的放风，我不敢奢求拥有整个春天，有董远际，似乎就拥有了春风，不绝如缕拂挠着我惶惑的内心……当远方的落日隐下最后一线残晖，山川，树木，大地，江水，都陷入静谧的沉默之中……

"今晚就不要回去了！"董远际还是像我们当初在北京刚恋爱时那样要求道，有乞求，也有命令。

"我……"

他似乎看出了我的为难："那随你吧！"

于是他送我回东城。在旗峰路口，他刚停住车。我打开车门时，他忽地越过来把车门拉上，调转车头，踩一脚油门，孩子似的一阵欢呼，向花园新村开去。我的心不住地战栗，久违的欢乐重新在心中奏响。

七

没有什么快乐比偷来的快乐更甚了，对邹栋的担心反而促成了与董远际相聚肆无忌惮的痛快。

红荔路，车水马龙，周末入夜后的车辆如过江之鲫。花园商场东门的车场停了不少车辆，董远际把车开进车场，叫我等着，甩上车门，去了吉之岛。

"若月，回去吧！"我坐在车里正百无聊赖闭目养神，邹栋在外面敲着车窗玻璃，"妈妈在那里等你！"

虽是这么平静的口气，我还是感觉到了他埋藏在心里的愤怒，反而打起了精神——我啐了一句："不回去！"

我回头看见在靠公交车站台的一边，已然停着那辆紫色的大众车，透过路边的灯光，看见妈妈坐在前排位置上，独自拭泪，我只好先回去了。

在我倒车的时候，邹栋还站在董远际的车旁，他难道要找董远际算账？

八

回到家，我胡乱冲过凉，便蒙头大睡，我不知道会发生什么。

我一直盼望着发生的，可是到眼前，还是免不了惧怕，我为什么不早向他提出离婚呢？为什么一定强迫自己蜗居在这形同虚设的婚姻帐篷里呢？为什么那样草草地跟他结婚呢？图他的钱吗？不是，凭自己的收入我就能生活得很好。那是为什么呢？回到从前吧，即使不跟董远际结婚，仍然过自由自在的单身生活也好，不打算"明天"，只过"今天"的日子，可是那时我正是因为渴望家庭，才选择了结婚，选择了邹栋，是这样的，一定是这样的。其实，一直以来，在"今天"的掩盖下，在内心深处我一直在自私地打算着"明天"，这便是我对董远际所抱的希望，这无疑也是对他的要挟，也是自己对"今天"背叛……我就是这样一个患得患失的人，当初为什么要嫁给邹栋，竟然有太多的说不清……

远处高楼上紫色的探照灯划过窗帘，瞬间就没了踪影，就像一连串的往事碎片，不经意间在心里一闪而过，勾起人无尽的怀想。

推开窗，寒气扑面而来，远远近近的灯火，照耀着沉静的深巷子胡同，这是我儿时无数次跑过的巷子，多少次我跟姐妹们一起在这里跳房子，踢毽子，跳绳，玩皮球……夜市那边的声音隐隐可闻，仿佛有摩托车开过的声响……巷子里，少女时的欢笑，似乎还在荡漾……可是时光，却如渗漏的水滴，一滴，一滴，一年，一年……

凌晨三点了，邹栋怎么还没有回来，他们会怎么样呢？邹栋会捅董远际吗？不，不会的。对邹栋的找茬，董远际会怎样呢？是的，董远际不会有错，这个极端自恋的男人，他会认为是邹栋妨碍了他与旧情人的快乐而对邹栋大打出手吗？不，不可能……

车声渐次频繁，是天要亮了。

九

我不知道去哪里，在家里，烦乱和惊惧无时无刻不在纠缠着我，出去也还是不会平静，可是总比在家里好。

我经聚福豪菀，过电信公司，不知走了多久才到沃尔玛，此时超市刚开门营业，虽是礼拜天，顾客还是稀稀拉拉，我买了一块蛋糕，外加一杯牛奶，坐在餐厅里吃着，不知怎的竟然如此难以下咽。

电话响了，是妈妈叫我回去吃早餐。

早餐虽然吃了，我还是记挂着邹栋和董远际，他们会怎样呢？

我才进家门，就听见外面急促的敲门声，打开门一看，是邹栋的妹妹："我哥他在医院……"

十

东华医院，北楼。

白色的病房，白色的病床，脸色苍白的邹栋，纱布，渗透的血痕。

左肋下，被刺了两刀，脸上也有打斗留下的伤痕。

我心如刀绞，董远际，你太狠了，我想立即报案。

没想到董远际却先打来电话。

"月月，今晚过来吗？他不会再跟着来吧？"董远际似乎很得意。

无耻，董远际，你太过分了，还装蒜，别像没事人一样，你高兴得太早。

"董远际，做人不能太过分，邹栋哪里对不起你了，何必……"

"怎么了？月月，怎么了……"

我没法控制自己："少来这一套，你怎么这么没良心，我要报警！"

我立即挂线。

十一

第二天早上七点来钟，邹栋醒来了，因失血过多，显得十分虚弱，颤动着厚嘴唇，到底什么都没有说出来，又睡了过去。

"跟他没有关系，跟董远际没有关系！"邹栋再醒过来的时候立即反复强调道，像矢口否认别人对他栽赃那般坚决。

那天晚上我找董远际其实也是谈我们之间的事。还是我先提出来好，若月，我们离婚吧！你跟我在一起不会有快乐，董远际是一个不错的男人，有个性，会赚钱，又懂得女人，我不懂，我知道，我们生活在一起，对你来说每天都是痛苦和无奈，不是吗？

不要以为这是他出的手，不是，是两个歹徒，他们抢我的钱包……

十二

原以为错综复杂的事，没想到竟这么简单。

离婚吧，这一年多的家庭生活，我欠下邹栋很多，现在要离开了，反生感激，说奉还是虚伪的，甚至是卑鄙的。结婚买的家具、电器等各据一半，办完手续，邹栋搬回了南城他的房子。

我没有找董远际，我把他的号码加了来电免打扰，我知道他打了很多次。可是，我的内心仍旧一片狼藉，理不出个头绪来，结婚，离婚，结婚过后，难道又是离婚？谁能预测"明天"将会发生什么呢？永远都是未知数。

经过近两个月的调整，我决定离开卅城，去广州、长三角或者北方的城市……只要离这个地方就行，去哪里都可以，再也不要结婚。

不，我要去找董远际，不管他在哪里，我都要找到他，不是为了要永远跟他在一起，我现在得找到他，不为什么，我只想告诉他这一切。

我打董远际的电话。

"月月，怎么了？为什么不给我电话？你的电话怎么一直打不通啊？"他说着，好像还记着那次我生他的气，"出了什么问题，告诉我！"

"没什么，你在哪里，还在卅城吗？"

"不在！"

我问："在哪里？"

"我刚到纽约，我姐夫上月生病去世了，我过来帮助大姐料理她这边的公司，近几年内可能不会回国……你还好吗？"

我收线，唯有泪，铺天盖地。

大约在南方

现在与当年

2004年初夏的一天，南方G城，沐浴着缠绵的雨水。

1999年春天的午后，轻寒薄薄，西南D城，周遭如烟似雾笼罩般昏暗。

此时，多愁善感的女子，思绪万千的女子，怀着沉忧的心事，若南方多汁的空气，洒下如泪的雨滴，阴云起伏，没有雷声，一如没有哭腔的流泪。

彼时，春寒料峭，刚毅优雅的男子，剑胆琴心的男子，走出砭骨的寒气，仪表堂堂，谁都看得出的外刚内柔，一如揭去嫩寒的春山。

1999至2004年，五年，不过生命岁月里的一个零头，用年轻而善变的眼光看，世界不过如此；五年，山脉脉，水澌澌，人并没有变老。

南方G城的火车站，拂晓时分，在纷扰的人群中站定，我接通了电话，手机里传来他的声音："谢谢你还记得我，这么远赶过来……对不起，我不再是你当年认识的侠客，也不是书生……你觉得现在我们还有再见面的必要吗？"

1999年春天

娓娓的剑江，穿城而过。

百子桥，以最古老的姿势横跨江面，桥的下层，喧嚷的行人；桥的上层，寂静古老如它的造型，翘角飞檐，雕窗画壁，茶香浮动。店员也是旧时代的装束，掌了长嘴壶，站在三米之外，向茶客盅子里灌茶水，盈盈一盅，不溢不洒。

不过是普通的都市白领，剑达公司的经理，我一人坐一张桌子，喝茶，无聊得很，闲散而享受。

这时，上来一个二十来岁的小伙子，有着一张白皙的脸，帅气而自信，提着摄像机，电视台的记者无疑了。记得在这里我曾遇到过他，他是最爱听这里的老先生们讲本城掌故的。

他各处望了望，可惜这天老人们没来，只有几个谈生意的陌生茶客，也罢了，随便找个位置坐下，就跟我坐一张桌子了。

"来杯本地茅尖茶，"他把摄像机放在桌上，转向我，"美女，不介意吧！"

"不要客气，大记者，我猜想，你便是那个叫九歌的侠客记者吧。"

"那么清楚，谁告诉你的？"

"你名声在外，还用别人告诉，一半是侠客，一半是书生，说的不就是你！"

"什么意思？我不懂。"他反问道。

我正想告诉他消息来源，这时，桥上一阵骚乱。

"他妈的，你不懂，老子让你懂……"随后棍棒似急风暴雨一掠而过，当我反应过来，他已经躺倒在地上，那一伙人扬长而去，我马上打110。

十分钟不到，警察赶到现场，瞎忙乎了一阵，什么也没有找到，只好送人去医院。

一个月以后

本城的有线电视我很少看，晚上我宁愿待在房间里听CD或看小说。言情小说，演就一幕幕的悲欢离合，故事情节大概也差不了多少，看了一本又一本，不究底里，明知是虚假的文字，可还是要看。在没有认识九歌之前，我以此来打发闲暇。

自从那天离开医院，每天晚上八点，我会准时打开电视，收看这个被小市民称为"本城焦点访谈"的新闻栏目"D城题外话"，谎言千遍也会成真理，说实话，频繁的耳濡目染，对这个节目更加欣赏，而且越来越佩服他们的胆识，工商、税务、政法、交通、民事……所有的暗箱操作，都在观众的眼前暴露无遗，让人震撼，给人痛快，只可惜，一个多月，一直没有一个署名九歌的记者的报道。

门铃响了，是九歌。

"总算找到你了，"他像熟悉多年的朋友似的对我说，"那天亏你帮我的忙！"

一边说笑，感觉他并不是经历了一场劫难，而是一位远行归来的好友。

说到我们城市，他义愤填膺，眼睛里燃着熊熊烈焰。似乎要摧毁城市里的任何一个阴影，他单纯的见解和说话时的神态，证实了传闻中的他的侠客义气和书生意气都非虚拟。可是，他的单纯与顽固足以让人窒息，我的世故、明哲保身的处世态度在他的面前黯然失色，使我无地自容，这次见面，很显然他是来感谢我在百子桥上的相助。

现在我觉得，其实我们应该是同类，只不过软弱与自私让我变得庸俗了。

找一个人

又是周末，傍晚时分飘起了雨丝，清风习习，吹到脸上感觉格外地凉爽。我撑着伞往宿舍赶，在楼梯口遇到了九歌，提着一袋东西，跟我忽然碰面，他有点不知所措。

"我到这里来找一个人。"他遮遮掩掩。

"要不要上去坐一会儿再走？"我问他。

"不用，不用。"他有点语无伦次，"那好吧！"说完后又立即发现了他的自相矛盾，一下就红了脸。

真是书生，男人还红脸。我领着他往我住处走，看见他窘的样子，真乐死我了。原来他袋子里还放了一方丝巾，下面是一些草莓之类的水果。

他坐在沙发上吃东西，说起他们电视栏目的艰难。据说他们的报道得罪了不少人，可能不久就要停掉了，最近他的一个报道把一位副市长的口头文件导致的谬误曝光了。他后悔当时太冲动，因为这样而把整个栏目停掉，就会有很多关系民生的问题不能公之于众。

看来栏目停掉的可能性很大。

我问他："如果停掉了你去哪里？还会在这座城市生活吗？"

"不，我要去南方！"

物是人非事事休

这几天晚上，总是睡不好，经常在半夜醒来，而且老是做梦，很恐怖的那种。

有一天晚上我梦到了九歌，好像我们是在南方城市相遇，他满面春风，看来他生活得不错，我便问他现在从事的是什么工作，他说发财的工作。我说，你不应该发财，应该当记者。他说不，我再也不当记者，我要过普通人的生活。我说你一定要当记者。我重复很多遍，他也重复了不当记者要做普通人的话，最后我气极了，还说你一定得当记者，醒过来，原来是一场梦……

"D城题外话"终于还是停掉了，每天晚上仍然能看到本城的新闻，栏目叫"D城话题"，节目内容跟新闻联播相仿，主要报道这座城市的党政工作，电视台除主任外，记者全部换了一茬，九歌不知去了哪里。

沿着江岸散步，无所事事的闲逛是多好，可是我现在却不能，我希望一次邂逅。走完长长的江堤，希望出现的人还是没有出现，但是我心中有一种感觉，他没有离开这座城市。

走过百子桥，我还是到茶楼上看了看，里面情景如常，老人们品茶高谈阔论，说旧时代的故事。

茶楼，我们第一次见面的地方，物是人非，失落的是往事。

寂寞时才相遇

思念他的时候，我会问自己，我是不是太浅薄，跟别人只有几次见面，就一方丝巾，说不定别人早就忘掉你了，还在这里傻想，人心都在变。

可是一个声音回答我，九歌不是那种人，他单纯，不会轻易向别人表白，一方丝巾，足够了。

过了长长的街道，走进仄仄的巷子，阳光在楼台间晃动，反照着我的寂寞。这里便是南沙洲，十多年前市大院的所在地，现在成了地产商的开发区，机声隆隆，四周腾起一阵阵黄尘。

趱回来，正在我刚才经过的那个小饭馆前，有人在吵架，其中一个是九歌。为了不让他感到尴尬，我马上离开，只是没来得及，九歌追了上来。问我怎么不叫他，他向我解释说为了一点小事刚才与她争执。

我问："刚才与你吵架的女人是谁？那么凶！"

九歌以沉默作答。

"是你女朋友？"我追问。

他微微地点头"是！"

"那你爱她吗？"

"爱！"

他回答得异常坚定。

"九歌，你也太看不起你自己了，找个这样的女朋友！"我并不是吃醋，我是鸣不平。

"你投了多少钱在这里？"我像审问，我知道我不应该用这样的口气，可是现在我只能这样。

"三万！"

"哪里弄来的？"

"父母给了一万，借了一万，她投了一万。"

我又问："你们打算什么时候结婚？"

"赚了钱再说。"

我走了，从他身边走过，没有抬头，走得无声无息。

刚走过饭馆门口，一个小女孩跑出来问："俊凡哥，表姐问你花椒放在哪儿的。"

这时，九歌跑过来，站在我的面前，片刻后又坚决地转身走了。

沉默如寥落长街

回到住处，我一头躺在沙发上，很疲倦，只是不想睡，我有点不甘心，这么快他就变成这样，而且有了女朋友。

跟她吵架的人应该是他表姐，我打算再去他那里，谁叫我喜欢他呢。

"九歌……"我站在饭馆门口喊了几声，那个小女孩刚给客人上了菜，问我找谁，我说九歌，她说这里没有一个叫九歌的人，她问九歌是谁。这时九歌过来了，手里拿着一把葱，他说："你等等！"原来，九歌的真名叫赵俊凡。

过了一会儿，他换了衣服，头发也收拾过，他说："这里窄，找个地方说话。"我们一直走，走了很长一段路，也没有找到一个地方坐下来。都不说话，沉默，如寥落长街。

最后在一家冷饮店里坐下来，一人一杯可乐，一张桌子，简简单单，两人面对面。

"她是你表姐，你为什么骗我？"开口我就忘了女孩应该有的矜持。

"是！"九歌埋着头。

"你爱不爱我？"

"我……"还是不抬头。

"说呀？"

"是！"

"你自卑，你不敢说？"

"……"

那晚差点把"欢欢"捂死

我抱着"欢欢"，用毛巾把它身上的水擦干。

"你为什么把你表姐说成是你女朋友呀？"我问九歌，"她至少有二十八岁了，结婚了吗？"

"没有，她不打算结婚。"

"那天你是不是想气我，让我走，不再理我了？"我温柔地看着他，"觉得我难缠吗？"

"对不起，我现在还很穷！"

"没什么，我们一起努力，如果不行，就不做餐馆了，你不适合经营生意，你还是做记者，去报社吧，你能行！"

"我要做自己的事，不做记者！"他回答很坚决。

"你觉得你善于管理吗？"我说，"先做记者，熟悉的东西多了，赚钱没有什么难的。"我安慰他。

其实我觉得九歌不适合做管理，他太认真，偏激，有点固执，缺少管理者应有的通融和包容性。

"那要多长的时间？"他又问。

"一切都会好的，你不要太性急！"

九歌终于抱住了我，他的胸怀不够宽大，但坚实。

他执意要睡沙发，没有办法，就这么一间屋子，我只好和衣而睡，在床上辗转反侧，一夜不曾睡好，半夜里，我把"欢欢"搂在怀里，差点把这只可怜的小宠物捂死。

2000年记事

我的工作一如既往，只求安稳不图发展，像很多人希望的那样衣食无忧，做女人，就是要这样。我曾看过一本探究女人幸福和不幸的长篇报告文学，书上列举了几十个富有的女人，她们都没有和谐的爱情、婚姻与家庭。书上的封底写了一段文字，其中一句是"财富是女人幸福的大敌"，看来我这样是没有错的了。

九歌那边，生意很好，而且不用他多操心，他表姐安排得井井有条。

在2000年秋天一个月朗星稀的夜晚，九歌捧着一束殷红的玫瑰送到了我的怀里，这震颤的一瞬，让我等了整整一年。

我攥着拳头，捶打着他的胸膛，"为什么要我等这么久？"我的泪水打湿了他的衣服。

"以前，我拿什么爱你，就是现在也很勉强。"

"不，我不管……"

破碎的激情

南方，是九歌的希望之地，九歌原本属于南方。

九歌跟他表姐生意分开过后，只好独自经营饭馆，不到一年，就支持不下去了，生意每况愈下，在饭馆打烊之前，他来告诉我，他已经决定去南方。

离别的车站，车子越走越远，我的心一片零乱，我不知道，他是不是能再回来。

2003年，是九歌南下的第二年，开始的一年多，他没有写过一封信给我，也没有给我打电话，跟他相爱两年，我知道，九歌既是一个浪漫主义者也是一个现实主义者，小时候他的家境并不好，所以他懂得生存比爱情更重要。

一年多的时间，他在南方并不好，做过商场理货员、工厂经理助理、企业内刊编辑等工作，支出总比收入多，很多次跳槽，他还欠下一笔不小的债。2003年的初冬，九歌给我打来电话，告诉了我这一切。此时，他是一家公司的业务经理，最后他总结说："前面两年，虽然我在努力挣钱，可我的观念还没有彻底改变，本质上还是你们认为的侠客和书生的个性，从现在开始，我要完完整整地改变自己，粉碎从前……我算什么，我不能改变什么，我只是一个普普通通的老百姓，凡夫俗子，只求吃好穿好……我要赚更多的钱……"

钱！钱！钱！只有钱，这次通话充溢着铜臭的味道，后来他给我写了一封信，我还是给他回信了，可是我不知道说了些什么，因为我知道，他也不再是从前的他，也变成了我讨厌的小市民，那么我的爱又安在？是的，它已经失落了，它存在于1999年的一双眼睛，存在于当年的一颦一笑，一举手一投足，他说出的每一句话，每一个词，每一个自然流露的神态……如今，都失落了，我爱的人，已不存在，南方，没有侠客，也没有书生……

决　心

怀着对九歌的失望，2003年的冬天，过了27岁生日，我结婚了。

面对杂乱的家庭生活，我一筹莫展，他很爱我，追我一年多，我一直犹豫不决，是因为那时我心中有九歌。现在我觉得，像我这样一个普通的女人，能有这样一个人爱我，是上帝的恩赐，我不能太贪婪。

结婚三个多月，可是我发现我错了，错得一塌糊涂。我每天都在思念九歌，对丈夫越来越冷淡，甚至不愿靠近他，通过几次努力，很快，他也不耐烦了，我们开始"冷战"：分床，分餐，晚上他也不回家。我们的婚姻，好像百日维新，昙花一现行将结束。

一个人，在有生之年若不能追求自己的所爱，那么，人生的意义又何在？

我的未来，大约在南方，在一个叫九歌的男人生活的那座城市。

只为1999年的侠客与书生

2004年的5月19日是九歌的26岁生日，5月18日我登上了南下的列车，就是在当年九歌与我离开时让我流下伤心之泪的车站，我与生活了27个春秋的这座西南城市告别。走出昨日的梦想，只为打捞失落的梦中情人……

神秘的南方，改变了九歌，也许也会改变我。是的，为着自己的所爱去改变是值得的。

24小时后，即5月19日的拂晓，我到达南方G城车站。此时，南方细雨如织，缠缠绵绵，车站上人潮涌动，在纷扰的人群中站定，我接通了他的电话，他的声音还是那样的动听，像他的人一样外刚内柔，似金石之声滑过水面，这是只有剑胆琴心的男子才有的声音。

九歌说："谢谢你还记得我，这么远赶过来……对不起，我不再是你当年认识的侠客，也不是书生……你觉得现在我们还有再见面的必要吗？"

天上的雨丝缥缈无垠，南方的世界淅淅沥沥，这里是车站，离九歌还有一段路程。时值清晨，循着熙熙攘攘的人流，我迈开步子，找寻走出车站进入这座城市的出口。

梦中的婚礼

　　他太开心了，从被窝里爬起来，睡意未尽，眼睛被白皑皑的雪耀得睁不开，走到门外衣服还没有扣严，就开始围着院子疯跑。妈妈刚起来，听到院子里砰砰啪啪的声音，开始以为是自家的猪打开了圈，跑到院子里来了，她骂骂咧咧拉开了门，却原来，是方明明沿着院子在跑。

　　"干啥呀，我儿？"

　　妈妈对二十多岁的儿子发出老迈的惊问，因为儿子已经不是孩子了，现在的样子明摆着是个八九岁孩童的举止，方明明没有理老妈，在院子里越转越快，看样子是停不下来了。幸好院子外面是一片竹林，即使摔倒了也不会滑到院子下面去，边上有竹子可以挡住，在方明明转得最快的时候，他便一把拉住了一棵手腕粗大的竹子，上面的雪扑簌簌往下掉，洒了他一头一脸。他于是放开竹子，张开双臂转着圈走向院子中央，他就有点儿晕了，天地四方都不明白了，颠来倒去，他就那样站着……

　　大地是白色的，天空是白色的，树木房屋是白色的，方明明的眼睛也是白色的，其实他自己不知道，他妈妈知道，因为他的瞳孔一直向着天空，不大转动，因此便露出了许多白眼仁，所以整个看过去他的眼睛是白色的。以前他喜欢在雪天伸着小手接住一片片飘下来的雪朵，让它们慢慢融化在手心成水，凉凉的，感觉很舒服。现在他在看什么呢？什么也没有看，此时天空没有飘雪花，好像是在下雨，一滴一滴的水洒落在洁白的雪地上，形成一个个深深的洞，这不是雨，是水，不是雪花化成的水，是方明明的泪水……

泪水是咸的，从眼角流下来直往嘴里钻。

"孩子，怎么了？"妈妈看不下去。

方明明一句话也不答，他真不知道自己怎么了，就是喜欢这场大雪，喜欢流泪，把泪水洒在洁白无瑕的雪地上，雪太白太纯洁，只有用眼泪才配将其浸染。他想用自己所有的泪水洒在雪地上，让雪不再洁白，不再纯净，可是雪地那么宽，那么广，粉妆玉砌的整个世界，一个人的泪水怎么够用，如果北北在就好了，两个人的泪水足够了吧。方明明不知怎的忽然有了这个该死的念头，如果北北在，看到此时此地的他，会怎么样呢？北北也许会哭。

北北的确哭过，那时她的哭声使整个世界楚楚动人。

北北穿着白色的羽绒服，从小河边走过来，那时雪很大，不留神是看不见她的，方明明眼睛儿尖，一眼就认出那是北北。

"北北。"方明明叫了一声，等北北走过，从后面跟上去。

北北瞅他一眼，以为他又要捣什么鬼，急步往前走。方明明便快步跟上，嘴里阴阳怪调地唱着歌："妹妹等等我，哥哥有话对你说。"北北笑，回过头来看。方明明又唱："前面的女孩转过来，转过来，后面的男孩真够帅……不要不理不睬。"北北羞红了脸，扭头就急步向前走。方明明又唱："妹妹你走前头，哥哥我在后头……"

……

具体的细节方明明记不清了，只知道那次北北摔在了雪地里，衣领里、袖子里钻进了雪，北北就哭了。

　　"孩子，出什么事了？"妈妈走过来摇着发呆的方明明。

　　"哈哈哈……"方明明只是笑，泪水止不住地往下淌，滴在洁白的雪地上，留下一个个的洞。

　　"你究竟怎么了儿子，我的天啊！"妈妈忍不住哭起来，"天，你到底怎么了。"

　　方明明只是笑，张开手臂在院子里旋转着，看着天空大地在四围摇摇晃晃，他也左冲右蹿，极力控制不摔倒，但终于还是栽倒在地上。"北北，北北……"方明明叫个不住，"哦，你在那里，在那里，哈哈。"方明明指着邻家的小孩子刚堆好的雪人，趴在地上，手指一动不动地指着。

　　"北北在哪里？"妈妈老眼昏花，以为北北真在那里，原来却是雪人，"不是呀，那是雪人。"

　　"不……"方明明叫嚷，"那是北北。"

　　"北北上个月已经到城里去了，儿子你醒醒。"妈妈老泪纵横，挽起儿子的胳膊。"我看到的，她刚从河边过来，她在那里！"方明明站起来指着雪人，一个箭步冲到跟前，"北北，你怎么了，北北……"

　　"儿呀，"妈妈抱住方明明，"进家吧，那不是北北……外面冷。"

　　"是呀，冷，"方明明一下就离开了雪人往家里跑，妈妈便跟了回去，刚到门口，方明明又出来了，手里拿着一条洁白的围巾，"北北怕冷……"

　　方明明跑到雪人面前，把围巾系在它的脖子上："北北，暖和吗？

北北！"他又撕下对联的一只角，给雪人抹口红。

"北北真漂亮，"方明明轻轻地拍着雪人的脸，生怕它疼痛，充满了怜爱，"北北不哭，今天你是我的新娘……笑一个，北北。"

雪人冰清玉洁，昂然不语。

"造孽呀，"做母亲的已经鼻涕眼泪流了一脸，唯有哭泣，"北北，你呀……回来吧……救救他啊！"她明白不管怎么叫，如何乞求，北北在遥远的南方城市已成为有钱人的太太，当然不会再回来了，可她还是要叫。

方明明手指冻得通红，面色青黑，还在雪人身上忙个没完，一会儿给他披纱巾，一会儿给她揭盖头："我的美人儿，北北，我亲亲的新娘……"

方明明拿出一串鞭炮，点燃往竹林里扔，鞭炮凌空炸响，掌声响起来——是方明明的。

"北北，北北！"方明明抱住了雪人，不住地亲吻，紧拥，"北北"支离破碎，"我的新娘！"

方明明躺在雪地上……

妈妈扑在明明身上："我的天啊！"

你是老鼠，我是猫

首　篇

这个故事，不是老鼠爱上猫。

一只老鼠钻进了地洞，一只猫在地洞边上，严阵以待，守候成一个在大街小巷里虚无缥缈的美丽传说。很长时间过去，猫累了，终于走了，因为猫已经老了，即使老鼠从洞里出来，猫也抓不着它。猫因旷日持久的等待，使这场神秘的追捕活动最终演变成一场惊天地泣鬼神的爱情传奇，有一天，猫在享受完一顿丰盛的晚宴后，跌跌撞撞地回家，在院子里的那棵老槐树下，就是它为鼠守身如玉的地洞边，猫与它一直痴爱的老鼠邂逅了。

不过，是瞎猫碰到了死老鼠，很悲凉。

电话响了。

"喂！"

"琪琪，生日快乐！我是兰帝！"

"谢谢！"

"来开门呀，我在楼下。"

"嗯！我就来！"

一只猫在门槛上，踱着步子，一只肥墩墩黄澄澄的老鼠，在墙脚鬼头鬼脑，啾啾嗅嗅，猫吃了香辣辣的肉片，饱了，伸着懒腰，躺在暖烘烘的太阳底下。老鼠，快乐的老鼠，自由自在的老鼠，谁会想到它原本是上帝赐予猫的美味佳肴。

猫 篇

一

我的步子最轻快，哈哈哈！小女子辫子扎了，甩得呼呼风响，呼啦圈，摇摇晃晃，我的身体是波浪，一浪一浪，练就了这水蛇腰，我爱唱我爱笑，两只手套住老爸的脖子，荡秋千，真好玩。

傻丫头，这么大了，不知羞！

老妈骂骂咧咧，一脸喜悦。

长大了，嫁出去，看你还疯不疯！

妈妈满面堆笑。

我哭了。

不嫁不嫁，偏不嫁。我要跟着老爸一辈子，跟着您一辈子，妈妈！

老爸沉默了，拉我到膝边，揩我的泪水。搔胳肢窝，琪琪笑一个，笑一个，乖女儿，好了，不嫁了！我禁不住，便笑倒在老爸怀里，老爸不再抓痒痒了，抱着我，沉默了，老爸一定很难过，为什么不说话，沉默是不是很痛？

我也不骑马马，还是荡秋千，老爸就是我的秋千，我喜欢荡过秋千后老爸喘粗气，不行了吧，老爸？

妈妈说，您老爸吊不起你了。

有一天，正挂在老爸脖子上，老爸说，乖女儿，下来！然后掰开我的手，轻轻推开。我知道老爸是认真的，老爸说，我们家的琪琪长大了，听话呵！

心里涌过一阵酸，我下来了，我知道这是老爸的爱，是老爸的尊重。

二

一个人影鬼鬼祟祟，总是在脑子里晃悠，躲躲藏藏怕见人的那种，羞羞答答不肯抬头，一留神不见了，不留神就来了，不知道是谁，老是来捣乱。

绝不是老爸，也不是李小三，李小三太胖了，走起路来像滚石头，不灵活，是高三的韦汉凯，穿着风衣，来来去去，风一吹，掠开了头发，露出洁白的额头，不，不，不，不是汉凯，汉凯总是慌慌张张，几次摔了眼镜……

我问兰帝，这是怎么回事呀？

兰帝幽幽的，沉默，过了一会儿才说，琪琪，你变坏了，我告诉你妈去。

兰帝，不要告诉别人，知道吗？不要！

哈哈，我怎么会呢，逗你玩的，别那么紧张。兰帝会信守诺言，不告诉我妈妈的，也不会告诉别人，兰帝不会是那么讨厌的人。我想。

这是我们的秘密。兰帝补充道。

我才依了，兰帝瞟我一眼，笑一笑，很鬼，不知他到底会不会说出去。

春天到了，大地一层绿，一层黄，一层青，是春草发芽了，夏天不到，已郁郁葱葱，兰帝的胡子像青草，春天一到，破土而出，青魆魆一片，再夏天一到，黑黢黢的，过了暑假，兰帝上大学去了。

兰帝走了，胖子李小三转学了，邻居韦汉凯当兵去了，姐儿们吵吵嚷嚷，烦透了，我还是好学生，小妹妹，坐前排，专心听课。

好学生也有逃学的时候，心神不安，上街瞎逛，一个人，无所事事，心里黏黏的。

直到下午体育课，我才一个人溜进宿舍，期盼的欢乐，终于降临，我哭了，哭得伤伤心心，哭了过后就是痛快……一帖鲜红的喜悦，从此以优美的姿势与天真无邪的年纪渐行渐远……

姐儿们不会再叫我小妹妹了，我要跟她们一起玩。说什么，不再对我做出那诡秘的样子。

我欢欢喜喜走在去教室的路上，幸福花儿开满地。

晚上，上床的梅姐买了一个西瓜，分成六块，一人一块，然后掩了窗，清清嗓子，吊大家胃口的意思，大半天，梅姐才说，我们的小妹妹终于长大了！

我成长的幸福被她们分享殆尽。

三

我应该把这件事写信告诉兰帝，我愚蠢地想，过后又为这个荒唐的想法满脸发烧，女孩子的事，是不能随便乱告诉人的。

兰帝：今晚下了一场雨，天变冷了，我垫着夹子在被窝里给你写信，你那里冷吗？你们春天种的菊花开了，开得很艳……

……你们要多久才放假呀？大学不是要提前放假吗？不会比我们晚吧……

另外，你们同学很多吧，来自全国各地的女同学是不是都很漂亮？你们每天都做些什么？她们一定告诉了你她们那里的风俗习惯，一定跟我们这里不一样吧？可以告诉我吗……

把信投进邮筒，才发觉我写得啰啰唆唆，吞吞吐吐，兰帝会烦我的。

兰帝放假果然比我们早，他来我们学校。

兰帝还叫我小妹妹，我当然不允许他这样叫，兰帝只好叫我琪琪，一吐舌头，说，开心了吧。

四

兰帝不再叫我小妹妹，不过口头上仍然是调侃的味道，可是我还是看出了他的吃惊，哈哈，只要他一定神，我就笑，我唱歌，不理他。

俩人坐一辆人力车，绕过后街，去翠屏公园，一路下坡，车夫不用蹬，车自然是很快的，挨着兰帝，想到那电视上的情景：两个为着寻找理想的青年男女，亡命天涯，想着这样的路越长越好，没有尽头更好，一直到天边，因为天没有尽头。

"我是个逃犯，街头到处贴着追捕我的通缉令。"

"知道的，你跑到我家里来了！"我说。

"那你怎么办？"

"我把你藏在柜子里，用最聪明的办法把他们打发走。"

"然后呢？"

"每天送饭给你！"

"然后呢？"兰帝又问。

"等你伤好了过后，一起逃走！"

哈哈，兰帝又是一阵笑，用手指刮我的鼻梁，"你还是小姑娘呢，就想跟着一个男人私奔。"

"谁说，我不小了，都满十八岁了！"像是表白，来不及收回，脸发了热，我真傻。

五

这不是老鼠爱上猫的故事，不是的。

兰帝大学毕业后在镇机关当差，这段时间，我们多多少少有些故事发生，浪漫的或不浪漫的故事，但与少女变成女人刻骨铭心的记忆相比，显得微不足道，轻飘飘，像鹅毛，像雪，下雪天满眼的雪，洁白无瑕，那是圣洁的女儿心。梦想成真只属于少女时代，大雪封山，雪花飞舞，世界粉妆玉砌，只要洒一点点温暖的水，雪化了一沓沓，变了色，滴着水，一滴滴，沿着树枝流下来，再滴到雪地上，留下一个个暗暗的印。

我成长，我美丽，我娇袅多姿，盈盈一水间，默默不得语，看着自己一天比一天美丽，心旌摇荡，惶惶不可终日，只为厚积薄发，等着一个人、爱我的人——来爱我。

春风解冻的日子，世界不再神秘，雪化了，冰破了，山露出了鲜洁如洗的肌肤，水上转着波圈，一轮一轮，推开了外婆的故事，隐去了妈妈哼唱的歌谣，那晚的月亮很红很红，听着兰帝讲着红月亮的故事，浸着涓涓流淌的殷红月色，睡过去了，很沉，很沉，仿佛十年，仿佛百年……

总该庆幸，我也是一个货真价实的女人，从前发生的一切，那只是一个少女的故事。

我也是女人，非同一般的女人。

六

时间，波诡云谲，在不知不觉中悄悄流逝。

春夏秋冬的风，吹拂着给我欢乐，给我激情，上班、考研、拿文凭、出差、分红，五六年时间，争分夺秒，哪怕平地起高楼，管他北山移海水，熟视无睹，任时光轮转。

近十年的时间，可不算短，兰帝一次来电话告诉我，汉凯在部队当了干部，已转业回地方，李小三开了"小三火锅"连锁店，成了同学中的首富，据说在就近的三座城市都有老婆……

汉凯回来时，追过我，我没放在心上，最后不了了之，他娶了水灵灵的辣妹子。

有文化，有品位，自然要赶潮流，白领老婆，金领老公，于是，追我的男人，走马灯似的，在我的婉言谢绝中，灰飞烟灭。

七

我依然年轻，依然自信。

走在大街上，阳光被对面的蓝玻璃反射过来，很耀眼，公交车站台边很多人在等车，我走过去，那些人自然散开，我并不是趾高气扬的人，真的。我转过头去，那些人已经又挤在一起了，伸着头看着车开来的方向。

上岛咖啡厅，心情随着闲散如丝的乐曲，从一个音阶滑入另一个音阶，不紧不慢，缓缓的，有点润泽的感觉，在这样的地方跟一个人，有一搭没有一搭地聊，如果对方幽默，还可以浅浅地、无关紧要地笑。

恍惚间进来一个男人，一会儿又闪出去了，没看准是谁。我想起许多年前每天慌慌张张的汉凯，但汉凯不会来，他要跟他老婆、小孩待在家里。

过了一会儿，服务员送来一个木盒子。

"一位姓兰的先生托我交给你的。"

服务员刚转身，我一拉开木盒子，一只老鼠一跃而出，我一声惊叫，盒子摔在地上，服务员过来说，不用怕的。于是又把盒子关上交给我，在这样的地方尖叫，旁边的人都看着我，让我很尴尬。

服务员笑笑说，这就是"吓一跳"。

八

兰帝没有结婚，也没有再打来电话，好像是有意躲着我。

早些年他就辞了公职，进了一家酒店做高层管理，据说身边美女如云，怪不得不见我。

出了上岛咖啡厅，上立交桥，两个穿着工厂制服的女孩倚着栏杆，一人拿着一个葱油烙饼，一边吃一边兴奋地说着什么，沉浸在无边的欢乐里。我埋头走路，心里却是一阵酸，一阵痛，许多年前，我也可以只为一个烙饼就笑开了怀——崇尚物质，脱离凡常并不是快乐，仰慕平凡，那是无法回首的凄厉之伤。

在时光漫流中，很多男人的浮光掠影，都成不了形，只是影子，鬼影重重，虚实不定，许多年前的鬼，像情窦初开时心里掠过的模糊的影子，支离破碎……

谁的心能够真正地平静如水，哪里有波澜誓不起心如古井的女人，是什么使锵锵巨石从心原一次又一次地滚过，平地也起了波澜，无数次地拍击着我即将崩溃的心堤。

在千丝万缕的沉思中，谁的眉心如月，阴晴圆缺，月出月落，又掀起了生命的潮汐……

静夜思，花自飘零水自流。

鼠　篇

所谓鼠篇，自然是躲躲藏藏的叙述，它的疼痛在于对直抒胸臆渴望。

兰帝，许多年前的热血青年，早已对世事的风刀霜剑麻木不仁，在一个又一个女人间辗转漂泊，只为寻找那绝对美的彼岸，他明白，一旦到达，一切又将成为虚幻……

苦苦的挣扎与逃亡，只为保存实力，战战兢兢，严防死守，不让一生的文治武力在一个女人的柔情冲锋下不攻自破，哪怕众叛亲离，管他四面楚歌，即便孤立无援，只为这无羁的欢愉，鬻血酤酒，哪怕饮鸩止渴的瞬间快感。

讨厌咖啡馆里的慢条斯理，讨厌向痴爱多年不染纤尘的心灵深处的情人讲述自身的艰辛经历，尽管他多么希望她睁大眼睛静静地听他的倾诉，可他还是对此讨厌透顶；兰帝只属于醉与梦，只属于泪与歌，只属于患散、消解和放逐，属于平静地湮灭于茫茫人海……琪琪，那只是一片残留在记忆天空的一片云霓，陈旧而模糊，纵然她一如既往地美丽着，刻在记忆深处，那将与他无关——她已随着时间的远离渺如烟波，早已绝尘而去……

进到咖啡厅里，琪琪，就坐在桌前，一如多年前坐在教室里，将等待着去倾听，那抑扬顿挫美丽无比的款款语音，那一厢情愿的渴望，那遥不可及的憧憬……

兰帝仓皇出逃。

兰帝说：为什么要逃跑？因为恐惧，因为胆小如鼠，我只有逃跑。

尾 篇

这不是一个好故事。

在不久以后一个灰暗的黎明，琪琪拉着简单的行李走了，再也没有回来，也没有联系包括她家人在内的任何人，至今还是音信全无。

据说她在一座城市做了高级白领，可是她的一切准情人，都落荒而逃，像老鼠。

不过，这一切都是"据说"。

猫与老鼠的爱情当然很简单，不过很凄惨，它们成了死冤家，窝在心里斗。

猫：为什么跑，没有你，我一样能活下去。充满了无奈。

鼠：我知道你是美女，不过你是大众化的美女、商业化的美女；大众化的美女是我所不爱的，商业化的美女是我所不稀罕的。充满着痛惜。

猫：没有你，我奢华生活，单身到老。

鼠：没有你，我简单生活，自由到老。

……

故事结束了，骂仗还没有结束。

他们是无辜的。主说，原谅他们，因为他们不知道……

有一天，一只猫，醉醺醺回家，在马路边，碰到了它要找的那只老鼠，不过，很悲凉，是瞎猫碰到了死老鼠。

有一天，一只猫叫了一声，吓跑了所有的老鼠。

错　爱

红色出租车

那夜的天空一尘不染，月亮正冉冉升起。

佩瑶因为走得急，从出租屋里的小巷道里出来，也没有想想平素黑暗得需要小心翼翼摸索着才能行走的过道如此清晰。当时月光照在水湿漉漉的地面，佩瑶三步两跨，顺顺当当地到了正街，她都有些不习惯，所以当街上频繁的车声和闪烁的灯火耀得她直眯眼时，佩瑶才想起方才照在巷子里的只不过是月光。她抬头望望天，因街上的灯光很强烈，所以就觉得天空退得很远，呈现薄薄的明蓝。

来不及思索，佩瑶见此时车辆稀少，便疾步穿过马路。

公共汽车站台一个人也没有，佩瑶背对着站牌，面朝着马路，似乎随时准备冲进开过来的一辆停下的公共汽车，其时是夜里十二点，小城的公交车已经停运。

佩瑶并不是真想走，那随时都有可能蹿上一辆车扬长而去的架势也只是虚张声势，是的隐藏在对面马路边某个树影下的汉宵而做的——她自顾自地认为汉宵一定跟上来了，所以她决心做个坚定的行动给他看看，方解气。

佩瑶不想久候，她要让汉宵后悔，本想看着汉宵跨过马路时再钻进一辆出租车，以便让他打另一辆车从后面跟上来，可是佩瑶实在不想磨蹭下去丢失了勇气，于是马上跳下马路，一扬手，一辆飞驰的红色出租车一个急刹车停在她的身旁，佩瑶拉开车门。

"开车！"

车开的方向似乎都不是很清楚，抑或是向后开的，佩瑶透过出租车模糊的后玻璃窗，不见有车跟上来。

飙　车

车到了哪里佩瑶并不知道，只是觉得车开得很快。

佩瑶转过头，看那司机，不过跟自己一般年纪，二十四五岁，一言不发，脸色有些不堪。

"咦，怎么不问我要去哪里？"佩瑶没话找话，确信汉宵没跟上来，才想到此时处境危险，故作镇静，试探性地一问。

司机铁青着脸，一定是刚跟某个女人吵架抑或失恋了，佩瑶想，肯定恨透了所有的女人，那么他又会对自己怎么样呢？佩瑶心里发虚。

"去哪里？"佩瑶又故作温柔地问，这句话出去，佩瑶连自己都不知道是在发嗲还是求饶，如果司机不回答，佩瑶准会哭起来，尽管他并不像歹徒。

"你要去哪里？"司机反问道，言语并不坚硬。

佩瑶从家里出来，并没有决定去哪里，她只想让汉宵着急。汉宵没有追来，她不知道去哪里，现在反被司机给问懵了。

"你要去哪里？"司机提高声音，"这是五环路。"

佩瑶吞吞吐吐，不知道怎么回答才好。

司机不耐烦，不过他再也没了言语，以猛踏一脚油门来告知佩瑶此时他的情绪。

歧　路

飙车的感觉真好，佩瑶想，要是开车的司机是汉宵那就更好，汉宵没有小车，有一辆新款摩托，往常他会在周末的黄昏拉上佩瑶在沿山公路上兜风。

佩瑶还在胡思乱想，车已下了公路，正开往一个陌生的工业区。司机并未减速，路面不好，有不少夜里下班的人走在路上，车子左打右转，固然要颠来簸去。佩瑶还没有反应过来，车已和路边的面摊撞个正着，幸好旁边的人闪得快，惊叫一声，车开进面摊后面的水沟里。司机不问佩瑶伤势如何，甩上车门，给面摊老板塞了几张钞票，便不知去向，佩瑶想在这里休息会儿，等司机找了人把车拉起来再走。

如果汉宵赶来，见到这般有惊无险的一幕，又如何？心疼，还是庆幸？佩瑶认为他必会自责，也许会背着她就往医院跑……

路灯稀稀拉拉，半明不灭，佩瑶不知何时睡了过去，醒来看自己还躺在车里，透过玻璃车窗，路的尽头，工厂门口有人在游动，大概是工厂的保安。

佩瑶觉得腿部酸疼，打算到路上走走，至少到工厂门口那里也比孤身一人在这烂泥沟边好。于是她便挪动了一下身体，想打开车门。可是哪里打得开，佩瑶拼命拉开把手，气得直骂司机没良心，又想想汉宵这么无情，便使劲浑身力气踢了一脚，车门一甩打开了，佩瑶随之冲了出去，摔在地上，哎哟直叫。

佩瑶膝盖钻心地疼，一下子哭了起来，伸手摸手袋里的手机，她要给汉宵打电话，不是要告诉汉宵她在哪里，而是要告诉他永远不再理他，跟他分手，可是手机已不知去向。

司机还没有回来。

佩瑶强打精神，把手袋挂在脖子上往工厂门口走，走不了几步，额头直冒虚汗，膝盖骨像有针在扎一样疼。她只好用手撑在地上站起来，歇一会儿再走，还不时地尖叫一声。

远远地有一个人急急走来，佩瑶想，定是那工厂巡逻的保安了，便低下了头不予理会，她不喜欢整日愣头愣脑的保安。

帮　助

佩瑶转头一看，身后一个女孩一身蓝色制服，一张干净娟秀的脸，再加上她拘谨的举止，显得她是怎样地质朴和诚恳。

"膝盖被跌岔了气。"佩瑶说。

"怎么踢的呢？"女孩走近一点，看着佩瑶的膝盖。

"哦，从车里出来……"佩瑶指指后面不远处那辆歪在泥沟里的出租车，把刚才的经过说了一遍。

"司机呢？"女孩又问，显得很惊奇。

"走了。"

女孩没再说什么，又走近佩瑶一点，显然她想试着拉佩瑶站起来，但她不明白佩瑶会不会接受她的帮助。不过佩瑶很快领会了她的意思，一只手拉住了她的手腕。

"我哥在那儿，他马上就下班，"女孩指着马路对面的保安说，

"先到我家去休息吧。"

好细腻柔软的手

女孩的房间不过是套房中的一间，三十多平方米，陈设简陋，倒还干净，中间用条纹布作为幔子遮了，竖摆两张单人床，一个简易衣柜，仅此而已。

"这是哥哥的床，这是我的。"女孩指点着，其实不用说一眼就能看出来，哥哥的床头叠着整齐的保安服，还有打火机、香烟什么的。

"你躺下休息一会儿，我去给你弄点吃的。"

佩瑶想说声谢谢的话，女孩却转身出去了。佩瑶钻进被窝，昏昏沉沉，不知不觉便睡着了。

佩瑶是被疼醒的，睁开眼，旁边的条凳上放着两个菜：一碟鲜菇炒青椒，一碟清蒸玉子让豆腐。佩瑶打开被子就到处找手袋，忘了手机已经丢了。

"要什么呢？"一个男声说道。

佩瑶抬头看那人，仿佛是昨晚跟女孩回来时马路对面工厂门口的那个保安，不过此时他没有穿保安制服，却有一双野性迷离的眼睛，手里端着饭碗。

"手机……可是昨天晚上已经丢了。"

"在哪里丢的？我去找。"男孩说。

"不用了，我不知道在哪里丢的，"佩瑶记不起匆忙离开家时是否带了手机，"我乘坐的就是刚才撞面摊那辆出租车，车陷到沟里去了……"

"哦，那司机经过时告诉过我，他说他去找人，"男孩把手里的碗放在条凳上，"你先吃饭，我去看看手机是不是在那里。"

"谢谢，不用了，手机可能放在家里了。"

男孩没再说话，佩瑶吃完饭，他已经拿着手机回来了，一边用纸巾擦拭手机一边说："掉到地上了，沾了些水，你看能不能打？"

佩瑶拿过来试了试，不行："不能用了，手机沾不得水的。"

男孩接过手机，把挂在墙上的电吹风取下来，揭开手机后盖，卸掉电池，打开电吹风吹手机。

不一会儿，装上电池，试了试："嘿，可以了。"他粲然一笑，露出洁白的牙齿。

"真的。"佩瑶接过手机，在男孩的手掌不经意间一划而过，好细腻柔软的手。

动作要领

佩瑶接过手机，给汉宵打电话，此时凌晨四点，汉宵的手机已经关机，她把手机仍在一边。

"你妹妹呢？"佩瑶觉得跟一个陌生男子相处不说话很尴尬。

"上班去了，她要早上八点才回来，她说你的腿伤很严重，好些了吗？"男孩问了这句话，脸一下就红了，佩瑶抬头看他一眼，他更加不好意思了，"我去给你拿点药来。"说着便拉开幔子，到他的床那边去了。

一会儿便拿出一个瓶子来："药，趁早用手揉揉，瘀血不散可就麻烦了。"

男孩揭开瓶塞，原来是酒精泡制的药，他示意佩瑶摊开手，从里面倒了些在她手心，佩瑶迅速地把药液涂遍膝盖。

"用劲揉搓，不要怕痛，不然瘀血就散不开！"男孩说。

佩瑶按照他的建议，可是手一用劲就疼痛难忍，男孩叫她先轻一点慢一点，佩瑶照着做了，果然不像先前那么疼了。

"要这样，用手掌搓。"男孩一边做样子一边说，佩瑶照着做，男孩还是觉得她没有掌握动作要领。

"那你帮我吧？"佩瑶把瓶子从他手里拿过来，忘了对他应该要有的矜持，男孩转身走到门外，佩瑶以为他出去了，不一会儿却踅了回来，手上还沾着水——他刚到外边洗完手，用纸巾擦干手，大大方方地摊开手掌："那好吧，我给你揉……"

爱到心碎

天亮了，也是上班时间，佩瑶打电话到公司请假，然后打电话给汉宵。

"你到哪里去了？"汉宵接通电话急吼吼地叫，佩瑶不说话，沉默，随汉宵说去，眼泪流下来，佩瑶挂断电话。

佩瑶想起了上大二的时候，她跟汉宵的恋情由浅入深，深入浅出，才子佳人令同辈何等的仰慕。那时的中文系可谓人才济济，帅哥成群，相继都成了佩瑶裙下的冤魂，一个个去无消息，佩瑶笑，红粉佳人，美丽只属于自己。

美人寂寞，无聊的人才上网，佩瑶只是偶尔，于是以"环佩玎珰"的名字与汉宵相遇，网络是虚幻的，因为虚幻，所以才完美，那些活泼激情的文字，让佩瑶这个孤傲女子的血液奔涌不息，他俩见面了。

"书院二楼门口，我拿一本《瓦尔登湖》。"佩瑶甚至没来得及说具体的时间以及穿什么颜色的衣服，便下线去书院。从网络到现实，相爱实在太快太简单了，原来他就是那政经系声名卓著的才子汉宵，佩瑶好不喜欢。

从此佩瑶与汉宵安心谈恋爱，到也幸福，因为汉宵是个柔情细心之人，缺点实在难挑，佩瑶决心一生跟定了他。

毕业后，佩瑶随了汉宵，一起到了南方的城市，汉宵在哪里工作，佩瑶便就近找个公司上班，汉宵疼惜她，不让她太累，做些轻松的工作就可以了。

汉宵在事业上进步很快，对女人他有天生的才华，佩瑶听他跟别的女人通电话，不小心看到其他女人给他发来的暧昧短信，看着他揽着女人过大街，佩瑶故作无事，心如刀割。

有时佩瑶傻想，像汉宵这么优秀的男子，委我一人，实在是大大的浪费，他不过分也是万幸。的确，汉宵掩盖得好。

平淡的幸福

四天了，佩瑶已经可以下床，女孩相帮着，她一步一步走出房间，刚开始疼得她龇牙咧嘴，走几步活动开了，觉得并不是很疼，佩瑶的手机电池已经没电了，她也不想跟外界联系，她已请了一周的假，有这样的理由，可以在这平淡的生活中多待几天。

站在走廊上，看着工厂门口处的"哥哥"，这样纯真痴情的男子，要是有一天有了钱，不就像现在的汉宵一样，谙于在各种女人间周旋。

不会的，佩瑶想，跟这样的男子，少了隐忍、嫉妒，又何尝不是一种幸福？

这几天，"哥哥"每天都要给他揉几次，佩瑶不是不想去医院，她觉得有他这样的医生，她宁可生病。清晨他便穿过浓雾给她打小米粥早餐，中午匆匆下班给她做饭，离开前不忘告诉她"觉得无聊就嗑瓜子""窗关严些，天气变凉了"……汉宵从来不会过问这些，他只会说笑话，高雅的和下流的，现在跟她在一起话也不多了，佩瑶生气，他只是笑，好像幸灾乐祸似的。

"哥哥"言语很少，只是默默地为她做各种事。傍晚了，"哥哥"做了饭跟她一起吃，佩瑶吃得很开心，竹丝鸡加了红枣、沙参、无花果煲汤，很滋补的，再添些冰糖，吃起来特别爽口，"哥哥"只象征性地吃一点，不断给佩瑶添汤夹鸡肉。女人是天生用来宠的，哪怕是平淡的幸福，只希望久一点，远一点。

佩瑶不担心自己还未康复的腿，要跟他一起去爬工业区后面的山。

夜色渐浓时，他们在林间慢慢地走，累了，歇一歇，他叫她别再走了，佩瑶却兴冲冲往上跑，几番下来，佩瑶累坏了，便靠在他的怀里，居然睡着了，醒来时已星月满天，流星在枝丫间一掠而过，静谧无声……

第七天

恋爱的事，都说需要共同语言，佩瑶却不这样认为，都知道的事，大不了举一反三，有何意义，共同的东西毕竟有穷尽的时候，想不同的心事，有共同的欢乐，岂不是爱情的新彼岸？

佩瑶和他，短短几天，一起感受微妙，捕捉震颤，却天堑相隔，兼葭苍苍，白露为霜。

"给我签个名，看看你的书法，嘿！"他居然是个有趣的男子，要问她的姓名，也是如此巧妙。

"为什么要知道？"佩瑶心里有说不出的滋味，明明是笑话，可是她笑不起来。从此天各一方，有必要告知彼此的姓名吗？

"粉丝都希望得到偶像的签名呀！"

"当然，可是留个签名于粉丝有啥用？"

佩瑶于是签了名。

"另外，联络方式不可忽略哦。"

"联络？"

"我要去找你。"

佩瑶眼示疑问。

"不为什么，我想不久我就会来……"

"不必了。"

"为什么？"

"不久我们都会淡忘的。"佩瑶无奈地说。

"我不会！"

"那让我找你吧！"

最　后

佩瑶回到城里，汉宵嘘寒问暖，极尽温柔。可是佩瑶看惯了他故作滑稽的神态，也听惯了他的花言巧语，汉宵能对她这样，对其他女人，汉宵也一样可以装模作样，甜言蜜语，佩瑶不理不睬，古井心沉，只有心理和生存上的依赖，早已厌倦和失望。

佩瑶仍是个乖巧的女人，对人温温顺顺，同事们都说她好，而汉宵不知道她的好。也许那个男子知道，可是，两个人，说着各自的话，来自不同的天和地，即使相爱又如何？难道离开汉宵，跟他在一起，就能快乐到永远？佩瑶不相信爱有恒久的力量。如果跟他在一起，有一天，一样也会回到她跟汉宵目前的状态，一切岂不徒劳？

有电话打来，也有短信发来，佩瑶知道是谁，她不接也不回，即使联系了又如何？

一年过去，汉宵有了自己的公司，事业男人应酬多，在家里停顿的时间很少，佩瑶辞了工做家庭主妇，女人不过如此，旁人眼里也是幸福的了。

结婚的前一天，佩瑶打车到工业区，在工厂门口，问那个保安的名字，所有的人都不知道，不过他妹妹还在，女孩一眼就认出了她，她告诉了佩瑶她哥哥的地址。

半小时过后，佩瑶找到了他。只是到半路，佩瑶看见了他，西装革履，秋阳西下，落叶纷飞，秋风中的他，风华正茂，年纪轻轻，却有洗尽铅华的老成持重，佩瑶似一片落叶，在视线相接的同时，他揽住了她的腰，如秋风卷起落叶，各自晕眩……

他的房子在一个小区，房间里收拾得整洁漂亮，佩瑶不明白在一年的时间，他有这样不凡的成就。

"爱的力量是强大的，我知道自己条件不好，所以……"他看出了她的吃惊，"你知道吗？我一直找你，爱你，我奋不顾身……你为什么不理我？"

"我知道我知道……"佩瑶哽咽。

"做我的女人吧！我等你很久了。"

"……"

"为什么？"男人疑惑，继而自信的说，"以后我会有很多的钱。"

佩瑶想说什么，什么也不能说，一切都在心里，化成酸涩沉默的省略……

穿好衣服，佩瑶说："下次来晚上你带我去爬山吗？"

"当然可以，不过，在这样的时间，我宁可带你去酒店水疗，或去KTV，不然去酒吧……"

佩瑶不说话，转过身，放开他的手，裹紧衣服，走在路上，觉得世界在飘……秋风清，天气凉，不忘添衣裳。

"我今天结婚，祝福我！"佩瑶想了想这话，认为说出的必要都没有，什么爱，什么情，徒有虚名罢了，车启动，路边的他站成似曾相似的风景，渐行渐远……

落叶归根，佩瑶跟汉宵结婚，一切平静如水，内心汹涌的不再是激情，不再是爱，是痛、是恨，此恨绵绵无绝期，佩瑶是爱憎分明之人，结婚只是为了一生跟汉宵较量，终身监视他，就是为了不放过他。

她很快就会忘记，那个月夜带她爬山的男子，会的，一定会。

亲吻的代价

热恋之吻

刮胡刀唰唰地响,一会儿庄翼的脸就变得雪青了。

"现在该可以了吧?"庄翼关掉刮胡刀,一边拧开前盖,用小刷子刷里面的胡楂一边说。

此时嫣子正在看一本杂志,褐色长发披零洒落,扫在书页上,听了庄翼的话,嫣子从转椅上抬起头:

"嗯,这还差不多,"嫣子笑了笑,把头发别在耳朵上,"不过,最好再洗把脸,要不然……"

"亲你一下要付出这么大的代价,"庄翼故作抱怨道,"好吧,洗干净点好在你脸上蹭化妆品,我也要保养好一点,不然有些人要嫌我了。"

"得了吧你,油腔滑调冒充幽默。"

上次见面的时候因为庄翼没有刮胡子,吻到中途被嫣子推开了,"你下次能不能把胡子刮了,扎得人怪难受的,以后再这样就不给亲了。"

当时庄翼愣住了,即使庄翼不刮胡子,嫣子也从来不会这样。以前庄翼捧着嫣子的脸,嫣子静静地抬着头,微闭着双眼,长睫毛像清晨湿漉漉的栅栏，似乎在等待着一只蝴蝶的停憩，一张脸在白炽灯的照耀下大理石般光洁明泽，庄翼都忍不住要放轻手去抚摸，好像要把一切感觉凝结留滞在指间。庄翼便会细细地想，这冰清玉洁的女子，值得一生去爱护、珍惜……庄翼退回脸，停止了亲密动作，摸了一把胡子，那样子一定很滑稽，他忽然想自己的胡须是不是太长了，像皇帝老儿一样习惯性地去捋一下，皇帝不必理胡子，他的长胡子代表的是作为君王威严的形象，他的胡子越长越好，三宫六院的女人哪一个能让他的胡须扎一下，不知要高兴得怎样的屁滚尿流呢……

嫣子听着庄翼在外间洗脸弄得水响，走到门边看着庄翼：

"今天怎么这样听话呀？"嫣子嘻嘻地笑，满溢揶揄的甜蜜。

庄翼把浸在水里的脸抬起来：

"噗，你别闹，等一下我再来收拾你！"算是对嫣子亲密的回应。

嫣子明白话里的暧昧，只管笑：

"好吧，看谁收拾谁！"嫣子回到椅子上，拿起书，翻到刚才的页码继续埋头看。

庄翼走进来，站在她面前，不说话，看着她。

"干吗这样看着我？"嫣子仰起脸，似粉嫩的蔷薇。

"啊！"这是嫣子的惊叫，跟所有在热恋旋涡里的女人的尖叫大同小异。

"够没有呀你！"嫣子还在庄翼的身下左躲右闪，庄翼站起来。

"刮了胡子你还逃啊，以后我再也不刮了，惩罚惩罚你，如果你越动得厉害，胡子会扎得你更难受，哈，这主意不错吧！"

"不错不错，就你的馊主意损人利己，你别得意太早！"

嫣子低着头，发现胸前的衣服上沾了血迹："哪里来的血？"

"怎么回事？"庄翼下意识地摸了摸自己的下巴，"没出血吧，把你的衣服弄脏了，怎么搞的，这肩上还有血？"

"你看，这里都破了，是刮胡刀割的吧。"嫣子拿纸巾给他擦上嘴唇的血。

"这是小事，可是这衣服就白糟蹋了。"

"可以洗的，用冷水洗能洗干净。"

电话的约定

嫣子在电话那一头笑。

"庄翼，怎么办呀，洗不干净？"

"你不是说用冷水洗可以洗干净吗？多在水里浸泡一会儿再用手搓一搓，试试看行不行。"

"我都浸了二三十分钟了，还是洗不干净，你过来洗好不好？"

庄翼听见嫣子在偷笑，知道又是她在捣鬼。

"正经点行不？现在是晚上十一点过一刻，我们的距离是一百公里，知道不你？"

"你不是说为了我你可以风雨无阻赴汤蹈火吗？可见是撒谎。"

"不是为了你，这是为了那一点血迹呀，如果是为你，去正在喷岩浆的火山口也去。"庄翼诡辩道。

"算了，凭你这句话，牺牲一件衣服算不了什么……"

"该怎么办呀？下次给你买一件衣服，算是给你的补偿，也是吻你的代价！"庄翼调笑。

"好啊，以后吻一次一件衣服，你可别赖账呵！"

"OK。"

庄翼挂了电话，嘴角挂着微笑，嫣子的形象在脑海里显得虚无缥缈起来，如青纱般的梦。

事实与玩笑

穿过密密匝匝隐伏在城市内部的居民区，再跨过一条公路，便到这座城市的核心商业地段，街市在夜晚变得更加热闹拥挤，庄翼好长时间没有到这里来了，觉得它变化太大，嫣子挽着庄翼的胳膊，偶尔还要用手提醒他不要东张西望，以免撞了别人。

霓虹灯温婉、柔和，使嫣子的脸看上去更加妩媚、细腻，一身素白长裙，此时在庄翼眼里，也成了嫣子个性的形象化身，不过，想起上次被自己弄脏，还是忍不住要细看。

"看什么呀？"嫣子见庄翼看得出神，不禁问道。

庄翼不说话，细细地瞅，前胸的衣服上的确有一点浅褐色的斑晕。

嫣子红了脸："别这样，这么多人，看得我很不好意思！"

"洗干净没有？"庄翼问。

嫣子本想告诉他已经洗干净了，打电话说没洗干净不过骗他，是故意闹着玩的，可是这衣服上的痕迹根本看不出来啊，难道庄翼真没有发现这一点，嫣子说：

"没洗干净，咋办？晚上换下来你再洗一遍啰。"

"好——"庄翼感觉到了嫣子言语中包含着对他的依赖，这使他很受用，裙子弄脏了没洗干净，虽然不留神看不出上面的污渍，但是对于嫣子这样细心的女子来说，哪一点细微的瑕疵能逃过她的眼睛？她其实是很在意的，今晚固执地穿在身上，也是说明不在乎因他而有的一点痕迹，想到这里，看看嫣子洁白如玉的脸，庄翼感到这个小女子是那么的体贴和细心，要不是在街上，他可能真的会去亲她一下，忽然想到嫣子那次电话中说的亲一下一件衣服，便禁不住笑了。

"今天怎么了，感觉你怪怪的。"嫣子转过头来看看庄翼，踮着脚摸庄翼的额头，做出很认真的样子说："咦，像有点发烧呢。"

"别，我正常着呢，你才发烧。"庄翼抓住她的手，两人一摇一晃地走着。

这条街以经营名牌女性服饰闻名，丝织长裙、时髦胸衣、内衣裤、牛仔裤……促销小姐在门外招徕着顾客。

"靓仔，真丝迷你裙，才到的新货，给你女朋友买一件吧，你看她的身材这么好，穿上去一定很好看。"促销小姐见庄翼跟嫣子走过来，对庄翼说。

其实这种情况也是司空见惯的，平时他们都不予理会。

嫣子拽着庄翼的胳膊，让他径自走好了，庄翼朝里看了看，的确，有好几套衣服都是平时没有见过的款式，便往里走，嫣子把他拽着，庄翼坚持着，嫣子也只好随他了。

促销小姐在前面引导，不住地介绍，庄翼与嫣子跟在后面，在一款七色T恤衫系列前，促销小姐停下来，这是七色T恤，一周内每天一件轮流着穿，一天一种鲜明的色彩，给人全新的感觉。庄翼好奇，还有这样的理论，这还是第一次听到，于是拿了一件蓝底现白色韩文的一件叫嫣子试试看。

嫣子从试衣间出来，的确，这件衣服嫣子穿着很合身，看起来凹凸有致、富有质感，不过庄翼感觉颜色深了点，他保留意见，是希望嫣子喜欢。

"的确不错，只是颜色深了点，跟我的肤色有点冲突，让别人看起来怪里怪气的，而且，这一买买七件，也没有这个必要，"嫣子问庄翼，"你说呢？"

庄翼点头，问促销小姐："有没有颜色浅一些的，要单件的。"

促销小姐把他俩往里领，果然她拿出一件琥珀色的T恤，款式跟先前的系列装一样，嫣子穿了出来，庄翼吃了一惊，太合适了。

"就买这件！"庄翼忘了应该征求一下嫣子的意见。

嫣子换下衣服回来的时候，促销小姐已准备好了包装袋，把衣服叠好放进去，塞到庄翼手里，指给他买单的地方。

在回家的路上，庄翼跟嫣子开玩笑："今天吻你不许动呵！"

"好啊！"嫣子被逗乐了，她明白他指的是她上次说的吻一次一件衣服的话。

吻的荒唐

庄翼用手摸摸脸，虽然早上已刮过胡须，但现在感觉还是微微地扎手，如果去吻她，她会推开我吗？看着嫣子，庄翼想。

嫣子转过身，看见庄翼正注视着自己，禁不住面红耳热，便坐了下来，把手放在庄翼的手心里。

庄翼揽住她的腰，把脸靠近嫣子。

"我换衣服去！"嫣子说着便去了里间换衣服，一会儿穿着一件红色衬衫出来，洗了一碟水果，叫庄翼。

上次他的血弄脏了她的衣服，现在换了红色衣服，即使弄脏了看起来也不会太明显，洗了就不会有一点痕迹了，庄翼会不会这样想呢？此时她才感觉到，她洗水果，是为了不让庄翼不觉得换衣服这个细微的变化有多突兀。

"我穿红色的好还是穿白色的好？"嫣子问。

"红色的固然好看，但是白色的更好看，其实主要的还是看你自己更喜欢哪一种颜色。"

本来嫣子说话是想调节一下气氛，不想庄翼这么一说，两人都有点不知说什么才好，如果嫣子换了衣服就坐在庄翼身边，即使一句话也不说，庄翼可能就会继续去吻她，而现在庄翼一边吃水果，却感到嫣子对他有一种心理上的防御，一个真正爱自己的女人即使在形式上怎么对抗其实都是做戏，内心其实是渴望和迎接，至少在关键时候不会拒绝，只有在心理上产生厌弃之后，才会在形式上虚伪地接应，而实质上却是拒绝。

"真的吻一次一件衣服吗？"庄翼开玩笑说，话已出口才觉得不妥，那么多事不说，偏又提起。

"当然了。"嫣子并不是不明白庄翼的良苦用心，她也希望跟平时一样，所以极力附和，"一次一件，次数越多越好，我就会有穿不完的衣服了。"

"好，为了这样，我宁愿倾家荡产！"庄翼笑道，他明明白白感觉到嫣子在附和，遂歪过去，在她脸上亲了一下，嫣子睁大眼睛，怔了怔，不过马上又反应过来，何必为他的一个吻如此惊讶。

"欠我一件啊！"嫣子说。

"那再欠一件吧。"

庄翼又做了一个亲吻的动作，嫣子挡住了他。

"不许欠账！"

"意思是说，我今晚不能吻你了？"庄翼这话有些生硬，是受了潜意识的支配，他本来对爱情里的金钱因素一直讨厌，尽管他也清楚他的这个想法在现实生活中显得多么的可笑和荒唐，可是他的感受却是如此的强烈，他没法忍受的是心里渗入的物质意识对爱情的侵害和亵渎。

"你说什么话呀！只是开玩笑而已。"

"我知道是在开玩笑，其实我这人给你的感觉就不现实，对爱情太理想化，是不是？"庄翼情绪似乎很糟。

"你到底怎么了？"嫣子无可奈何地说。

"没怎么，哈哈，你看你这认真样！"

"真有你的。"嫣子拎起拳头要打，可是庄翼没有像往常一样做防卫，而是近乎麻木地看着她，嫣子把拳头停在了空中。

"要打我呀？"庄翼似乎醒悟过来她要打他的用意，举起双手来护架，嫣子片时的停顿已经使拳头不再有第二次打出去的念头，又想打过去，但她感觉这一动作太做作，如果真是这样还好，可是短暂的犹豫过后嫣子把手放了下来，于是说：

"不打你了，看你一副可怜相。"这是嫣子极好的缓和僵局的办法，说毕，她靠着庄翼坐下。

沉默，沉默。两人都想开口，可是，觉得说什么都不合适，两人都感到，刚才的言语都是对彼此有或多或少的冒犯，此时，话又从何说起？没有什么比两人独处一室相对无言更难堪的情景了，因为这沉默毫无情侣之间相处时的默契、宁静和温馨的因子，有的只是相对无措，内心惧乱而不知缘由为何，都感觉是自己做错了什么。

有时，身体代表着的语言比直接的言谈交流更容易化解僵滞的空气，它能使两个隔离、陌生的灵魂通过细微的触觉取得各自需要的和解并把温柔传达给对方，而不致伤及双方自尊，将凝固流动，把阴冷软化为柔和，此时，两人又何尝没有这样的想法？

躺在床上，嫣子跟往常一样枕着庄翼的臂弯，鼻息轻盈，庄翼不动，闭着眼，嫣子素体馥香，庄翼感受着她的发丝在他的脸上的拂挠，他轻轻动了一下手臂，嫣子也随之转过来，庄翼一动不动，嫣子仿佛睡着了，似乎每靠近一点，他都需要非凡的决心和勇气，最终，庄翼还是靠近了一点，如果嫣子微微地动一下，就可以理解为对庄翼动作的迎合，可是嫣子感觉着庄翼的靠近而置之不理，令庄翼心里倍加难堪，过了好一会儿，嫣子才动了一下，庄翼觉得这是一个机会，于是贴着她的脸，随后轻吻了一下，嫣子转了一个身，似乎是极为自然地躲开了，背朝着他，这使庄翼极为恼火。

"你怎么了？"庄翼极力压住心里的愤怒，直到最后一个字才透出一丝柔情。

嫣子转过来，庄翼开始吻她，此时嫣子极为配合而且主动，突如其来的热情使庄翼猝不及防，以至动作也不够灵活，随后，他变得越来越粗暴，甚至有些疯狂，热情汹涌无声，寂静中，庄翼把她摆正位置，合二为一……

一场无爱之爱从此缄默，她知道，庄翼已经误入了他们情感协约的禁区，她明白他已对她厌恶了，的确，一旁的庄翼尽管还把手搭在她的身上，可感觉已相去甚远，他希望此时离开她，远远地逃逸，永远地漂泊，到属于他的国度……而对嫣子来说，当时瞬间的快感也成了一生的恐惧与创痛，在她心里滋生、成长、壮大……

余 伤

不久之后，庄翼正在刮胡子，忽然想到他跟嫣子因一个吻而荒唐地分手，而且彼此都不再爱，他便哑然失笑。

嫣子有时也想念庄翼，可她清醒过来的时候，感觉到的却是钻心刻骨的疼痛。

艳阱

迷魂记

千万别中计　男人常给女人下迷魂药

女人只要喝了男人的迷魂药，不管她多么洁身自好，也不管她怎样死拼硬扛，都绝对会主动放下武器，乖乖地举手投降……（搜狐网女性）

这条网文，大不了是说年轻女性不要轻意相信男人说的话，以免上当受骗被泡，一眼就能看出其娱乐性质……

胡言乱语、花言巧语、甜言蜜语固然是泡妞的不二法宝，不过只对那些刚刚浮出水面的爱情菜鸟管用。那些见招拆招的资深级女子，即使是情感专家也会感到头疼。不过便捷方式是有的，那就是让她喝上一杯真正的迷魂药，或给她轻轻地一喷，或是用装在小布袋里的那种在她颈椎一拍，即可手到擒来。

迷魂药是一种叫曼陀罗的植物为君药佐以数种药材制成，或食或喷皆可，必迷；另一种是用初生的燕子置于瓦上，放在明火之上焙干研末然后包在小布袋里，如果有中意的女孩，在后脑勺或颈椎、肩胛这些裸露的地方一拍，便可以将其迷住，叫她去哪她就去哪……

（《民间中草药》远方出版社）

有些胆小的女孩出门总是觉得人多的地方安全，所以人少的地方一个人就尽量不去。但据媒体报道，他们下药往往专挑人多的地方，比如拥挤的商场、女人街、露天演艺活动围观人群。

2012年元旦下午4点左右，一个打扮时髦的金发女子沿着卅城东城世博广场至雍华庭的那条街上过来，样子极招摇，在风情步行街逛了一圈，吃了份麦当劳，出来的时候手里还拿着杯可乐，一边走着一边不时地喝上一口，在十字路前蒲发门口将喝完的可乐杯子扔进了垃圾箱。这个动着，让跟在她后面的人可以看到她的侧面，明眼人都能看出，不管是身材还是相貌，此人都属上乘。只不过她的一双泡沫厚底鞋，会让人觉得她这一点不够潮流，因为这种鞋子在世纪初曾风靡一时。但时尚这种东西是很难说的，比如20世纪90年代流行的健美裤以及长裙，现在的裤袜，一样可以看成是它的翻版，而长裙更是肆无忌惮地直接沿袭，时尚有时就是这样反复流动并无新意。十字路口绿灯亮了后，她直接过了马路，料想是要去聚福豪苑百佳超市。聚福豪苑下面的街铺一片喧哗，服装、手机、药店推销员的叫卖声此起彼伏，促销活动舞台上正表演着高歌劲舞、魔术相声，其周围密密匝匝人群绕了厚厚一圈，外围人来人往川流不息。女孩站在百佳超市门口，好像很犹豫到底是乘电梯上二楼超市，还是穿过人流到舞台前去看看精彩的表演同时抽奖试一下手气，短暂的停顿过后，女孩选择了舞台的方向。

到了舞台这边，要找一个好的位置并不是那么容易，她想走得更近一些，毕竟前面的不少男观众个子不矮。此时舞台正在表演魔术，观众看得津津有味，无人回头去关注一个陌生女观众的加入，如果注意到她的美貌或许有的男孩会绅士地让开一点。好在右前方的一个男孩感觉到了有人在后面，便让了让，她并不客气，顺势挤了进去，便稳稳地站在那里聚精会神地看着魔术师神出鬼没的手如何将一张报纸卷成一个尖顶高帽把一杯牛奶倒进去，然后拿着"帽子"给大家看里面确实有牛奶，还叫一位观众进前来看用手蘸了一下。魔术师又回到舞台中央，略做手势，打开报纸，却是一张干干爽爽的报纸，也没一滴牛奶掉在地上，魔术师深深鞠躬，掌声雷动……接着第二个魔术表演开始，观众凝视，当然，中间也有人在离开，有男的也有女的，金发女孩本来也是异常专注，这时像是一激灵似的，似乎有熟人拍了她一下打招呼，使得她立即掉转头来，但她并没有找到熟悉的影子。不一会儿，她还是出了人群，过得拥挤的超市门前的街铺区，经过真功夫餐厅门口在中国银行向里拐弯，过卅城英文实验学校东门，经大兴路跨南阳路，过禾仓岭北路加油站，穿过马路，过岗贝市场，到达人民公园。她站在公园门口显得有些犹豫不决，不知道是不是要进公园，她的眼睛往四下扫视，然后，过了马路，到了女人街口，便直接向里走去，人多很挤，不过她似乎并不在乎这些，她很着急，虽然脚下在快步赶路，但还是时不时地忽然停下来踮起脚使劲伸着头望向前方，似乎在寻找什么……

标题新闻

英国伦敦华人遭迷魂药盗抢华人安全问题再引关注"国际在线报道"

女子公交车上被两男子用"香水"迷晕《河南商报》

昆明街头首现迷魂药小广告警方立即搜寻卖药人《春城晚报》

"迷魂药"惊现街头称能瞬间使人昏昏欲睡《武汉晨报》

广州"迷魂药"抢劫频发迷药致白鼠60秒内断气《新快报》

黑药店暗卖"迷魂药"原料《南方都市报》

出了女人街西门，女孩没有向文化广场方向走，而是径直穿过北正路、新风路，再到达新河北路。街中间有椅子，女孩并没有坐下来，而是继续沿新河街向运河方向走，不过感觉并不像先前那么急切了，后来她干脆掉头走了回来，站在去花园新村的路口。

现在的情况是，她到底在找什么？前面到底有没有她要找的那个人？或者直接点说有没有人给她下了迷魂药，如果能锁定这个人，如果有人马上打110，必能很快将下药之人捉拿归案，在我们一路跟进的过程中，前面确实出现过几个可疑的男人，但在从聚福豪苑到女人街的过程中，在前面出现过好几个男子，所以就无法确定谁是真正的罪犯。当然，下药之人绝非等闲之辈，智商当然比普通人高得多，肯定能发现我们跟在后面，不可能傻到一个人在前面引路，让我们联络警察来把他抓个正着，这是不可能的事，惯犯都有一套自我保护的看家本领。

沿着花园路到吉之岛再过马路，经红荔路过梨川桥，前面就是东江大道，这一路，她一直在走，并没有像先前那样心绪不定，也许是现在药性才真正地发作，据说有的药就类似什么"出门倒"的酒一样，过了一段时间才真正见效。

"香水"乃"迷魂药"四女工街头试用后失钱财

近日，长安镇安力科技园时力电子厂的4名女孩，在下班时间出来散步时，在科技园外的人行道上看到有两男一女在摆地摊卖香水，于是就上前询问了起来。卖香水的女人很热心地教她们把香水擦在太阳穴，试一下香水的效果。结果她们就好奇地把香水涂抹在太阳穴上试了一下。可不到一分钟，4名女孩就鬼使神差般地按照这两男一女的吩咐，把身上的钱财全部交了出来。并且，这4名女孩还在两男一女的教导下，又回宿舍拿存折取钱送给了那两男一女。《广州日报》

上了东江大道可以看见，长长的大道上除了急驰而过的大小车辆，并无人影，那么她到底去找谁？如果不去找人，她孤孤单单一个女孩这么冷的天气难道是为了来东江边上吹风吗？这也太荒谬了吧。

调整一下思路，站在她的角度，如果我是她，被一个人用迷魂药拍了一下或喷了一下，我想我会很清醒，报纸上不是多次报道过这样的事件吗？不知吸取教训；第二，上面一点可能是自己没有被别人下药的情况下才有这样的想法，如果被别人下了药，根本不可能这么清醒，更记不起什么狗屁报纸；第三，站在下药者的角度想下，如果我是罪犯，绝不能带她到这样的地方来，在这东江大道上，坐在车上的人或是对面运河路上的人，都可以毫不费力地将整个过程看得清清楚楚，在这样的地方作案，风险太大，证人也可以随便就找到，一万个不妥……

看到这样的场景，无不会让人发出这样的感慨：地大物博的中国真是很了不起，现在北国已经是雪花漫天飞舞，而在南方的卅城却有十来度。看，在东江岸边，一个衣袂翻飞的女孩迎着冬天的风漫步在笔直的大道上，料想她还觉得非常地凉爽或是浪漫吧。女孩时走时停，眼前应该是很茫然的，前方没有人，路上除了车声并无人语，一个人，一条路，向远方，向苍茫，向无穷……这时的感觉不知道是苦涩还是甜蜜，或许二者皆有，比如，她可能与她分手的恋人曾经留恋于此，在这里洒下许多柔情，留下许多依恋，回首往昔，这一切是如此的美好，如今故地重游，往事纷至沓来，那些清甜的亲吻那些温暖的怀抱足以抵御这无情的寒风……看上去她显得天真烂漫，似乎自信而洒脱。如果说是苦涩，那肯定是在回过神来的梦醒时分，看着无穷无尽的道路备感人生之漫长，凝望江上浩渺烟波逝者如斯一去不返慨叹无人相伴青春荒芜……

女孩终于停了下来，虽然隔得远，但从她的动作我们大概可以看出她在脱鞋子，走了这么长的路，她的脚应该很累了，会不会已经起了水泡？这个时候，爱她的人，应该在他身边，如果自己穿的是运动鞋，应该换给她穿，最好是直接蹲下来，背朝她，"上来吧，我背你！"料想女孩会开心地一笑，不过还是矜持了，"不了，别人看到多不好意思。"男的应该直接把背靠过去，女孩紧张地望望四周，最后还是被迫趴在了他的背上……

女孩拿了鞋，跑了一段，最后停了下来，又把鞋子穿上，还是像先前那样慢悠悠地走着，江上有船只，夕阳残照，她走得更慢了。也许，这样的场景，会让人想起，过尽千帆皆不是，斜晖脉脉水悠悠。肠断白蘋洲……

日本的私家侦探社提供一项服务，那就是"寻找初恋情人"，客户百分之九十都是女性。可见女人对旧情人的牵挂远远超过男人。女人为什么会牵挂着旧情人？为什么愿意给他们打电话？（凤凰网）

我很理性吗？当然！

女孩被人下了什么迷魂药，这样的想法纯属我们看了相关新闻先入为主的个人臆断，因为自始至终前面都没什么人。自套枷锁，可见我们是如此的荒唐。基于上面的否定，她过来一路上做出的看似反常的举动其实都是极为正常的：在人民公园，她本来想一个人去散散心，在新河北街，她本来想一个人坐在椅子上消磨一段时间打发无聊，她没有做这些，只证明她是个非常重感情的人，这样的人有个特点就是很容易怀旧，所以她才来到江边她的伤心之地，可以肯定，他们曾经有个非常美好的过往，但现在已经不复存在，在这个节假日特别空虚寂寞的日子来此消遣也算是对那段爱情作最后的告别……

她不是被别人下药，在女人街她表现得那么急切，是为什么？对了，想必是她在跟踪别人，天！怎么没有想到这一层，只是她跟踪的人又是谁？难道她跟丢了？

此时女孩一边走着，不时地拉一下路边绿化的树叶，似乎拿出了手机，当然了，这样的时刻，物是人非，难免会想起他的手机号，她可能想试试那个旧号码能不能打通，也许已试过很多次了，这次免不了还是要失望，可她忍不住要打一下，哪怕传来的仍是嘟嘟声。

相比之下，现代社会中的这种"迷魂药"比小说、电影中的蒙汗药厉害多了，连埃及法老的诅咒、古老神秘的催眠术等在它面前也黯然失色。对于被人用"迷魂药"控制意识、乖乖受人摆布，直到被人骗财骗色后才如梦初醒的报道屡见不鲜。许多专家也表示，麻醉药可以致人昏迷，但能够控制他人意识的"迷魂药"根本不存在。令人入迷的，不是"迷魂药"，而是人的欲望。（《人性的贪婪》，社会科学出版社）

"兄弟，你别真这么快，会吓到她的，这地方不妥。"我说。

"你懂什么啊？这个时候，是她最需要我的时候，你就在这里，看我的好了，这次别跟我争，没听过《受伤的人最脆弱》这首歌吗？"

我答应不跟上去，由他去发挥好了，不过出于对他水平的怀疑，还是慢慢跟在后面。

他开口了："唉，你怎么在这里啊？"

果不出我所料，女孩吃惊不小，回过头来看了一眼，马上提高警惕，迅速往前方走去，让我大为扫兴，我只想开骂这不中用的东西了。可就在这时，女孩却站住了，似乎是怯生生地指了一下他，又指了一下自己："你，认识我？"

他露出自己招牌式的那个人见人爱的笑容："你不会真忘记了吧，上次你还给我留下了电话，不信，你拨打下我的手机，你的名字就会马上在我的手机上显示。"

"真的吗？"女孩有些天真地问，向他这边迈近了一步，"你告诉下你的手机号码？"

他说了自己的手机号，她打通了，他说："嘿嘿，真是这个号码，相见不如撞见，以后就打你这个电话联系你吧，你的名字应该很好听吧，告诉下。"

"你不是说知道我名字吗？"女孩似乎是明知自己喜欢上了他的帅气，又要故意找个幌子，不过最后还是放弃了，"原来你是骗我的手机号。"

"什么骗不骗，多难听啊。世界这么大，两个天生绝配的人一见钟情，如果不留下联络方式，任凭各自消失在茫茫人海，岂不后悔终生，你说是吗？"他迷人的笑容对女孩来说绝对胜过任何迷魂药，无人能逃脱。

这个女孩显然很有个性，反倒很镇定："我找的就是这个手机号，以前你骗长安的女孩时留下过这个电话，好长一段时间关机，是这样吗？"

"你是……"

不知何时，她的手里已经多了一把枪："我们有缘啊，没有在茫茫人海擦肩而过……"

在女孩的背后，赫然有一辆白色警车开来，现在我唯一的想法是跑，可是我一回头，迎面又是一辆同样的警车。

天啊，我俩这次彻底栽了！

心会跟爱一起走

时间像沙漏里的沙一样流逝。地老天荒的爱情在幽暗中荡漾。我第一次也是最后一次占有了乌尔里卡肉体的形象。

——博尔赫斯《乌尔里卡》

危机四伏

现在我的处境十分窘迫，一位妖艳女子在公司门外的某个地方等着我。下班后如果不关门，我宁可今晚凑合着在办公室睡一宿，可保安却一个劲地催促我，平时他都没这么性急，似乎知道我有困难故意不给我方便。此时，在公司多待一会儿就多一分安全，也可以磨掉她的一点信心，或者她不见我出现，以为我下班前已经提前走了，于是自动离开，那是再好不过。可是我转念一想，倘若她在楼下久等不见我出现，冲上九楼来找我那又怎么办？不行，还是从人群中潜出最好，毕竟楼上这么多公司的人，下班时潮水般涌出，我可以躲在那些高个子中间遮遮掩掩混出去，这样就可以溜之大吉。然而现在的问题是我磨蹭了大半天，很多人已经下楼去了，跟保安两个人一起从电梯下去绝对不可能逃脱她的那双火眼金睛。

我钻进洗手间，打算消磨掉一二十分钟再出走，那样更安全。在镜子里左照右照，不管从哪个角度看，都感觉自己实在是太帅了，特别是我的眉眼和唇线，简洁练达，锋芒内敛，堪称举世罕有，臭美了一会儿，立即惊醒：这样仪表堂堂，危险性很大。不知是古代哪个鸟人说过冶容毁淫，所见不差，社会进步了，媒体上不是多次报道过不少帅哥遭到强暴吗？我浇了几捧水淋在头上，故意将头发弄得乱七八糟，再用掌心在厕所的角落里抓了点污汁，照着镜子在脸上抹几下，这样才稍微放心了点，看起来貌似井下的煤矿工人，这才蹑手蹑脚走了出去。

整个楼道里没有一丝响声，我一个人下去，即使变成灰她可能也认出我来，这点乔装打扮的小伎俩起不到根本性的作用，那怎么办？我又犯难了，不知道走楼梯好还是乘电梯好，我先到楼梯口，迅速伸头张望了一下，阴暗的楼道里似乎随时都可能冒出她的脑袋，说不定她在某个楼梯拐弯的地方钻出来逮我个正着；走电梯吧，现在八层以下有人进来的可能性很小，这样看来，直接从电梯下去要好得多，至少不会有从楼梯步行下去所需的漫长时间带给我的恐惧感，一想到孤身一人在楼梯里呼救我就心惊肉跳。于是我按了电梯按钮，不一会儿电梯到来，门打开了，里面果然没有。走进电梯，我才突然觉察到忽略了一个重要的问题，她在楼下电梯口守株待兔怎么办？正在此时，电梯铃声一响就停住了，是七楼，我的心怦怦直跳，门打开了，原来是虚惊一场，一个人都没有，我正暗自庆幸，电梯正要关合，一个尖锐的声音高叫道：

"等一下！"可能就是她，现在彻底完了，好在我反应得快，马上伸手去按电梯关闭按钮，打算把她挡在门外，结果手忙脚乱一慌张按到的却是开门键，完蛋了……一位漂亮的女孩一个前扑向我冲过来，我马上蹲下缩成一团，她嘭的一声撞在电梯墙壁上，她的裙摆拂了我一脸，我吓得立即全身一阵痉挛。

"你到底想怎样？放过我吧！"走投无路，我只好求饶了。

我抱着头蹲在边上，可是并没有听到回答，她一句话也不说，不用说这女人是个老手，如此沉着冷静，我要趁机逃脱。此时唯一的办法是钻到五层或者四层楼里面的房间去，到处穿梭，才有可能逃出她的魔掌，只有几秒钟的时间，我务必当机立断，站起来便点了一下楼层显示号，我点到的是四层，过了大约一秒钟的时间，电梯门还没全打开，我便冲了出去，当我转头看她是否也跟着冲出来的时候，我却傻眼了，她并不是那个要来找我的女人，虽然只是一瞬间，但凭我一点五的眼力，我的判断绝不会错，那个女人有着一对绿眉毛，眼影是黄色的而且闪着磷光，这个女人却要素净得多，或者本来就没有化妆，只是一脸惊讶的样子，很单纯。

往事回首

现在我不得不回忆起那天从书店里出来遇到的那个女人。

才刚出门，书店里的音乐还在耳边萦绕不绝，好比我刚看过的几个探讨人生问题的哲学理念在纠来缠去，一进入脑海就挥之不去。叔本华的理论我深信不疑，但对他那先入为主的方法我非常鄙夷，如果我认为人生不是痛苦的而是快乐的呢？那么我看问题就不会那么悲观，才不会认为自己永远都是一副老气横秋的深沉样。前方一个一身素白的女子立即打断了我的沉思默想，重要的是她身材绝对上乘，给人轻盈飘逸的感觉，清雅脱俗。如果没有很要紧的事，跟在她后面走上一阵子是一件极为愉快的事情，可惜我杂务缠身，一位朋友告诉我他遇到了点麻烦要我立即赶过去。

穿过一条街，我按照朋友在电话中告诉的路线走进了一条破旧的小巷，如果不出什么意外，五分钟左右我将会到达朋友所在的地点，从两边的建筑、围墙以及地上偶尔露出的光溜溜的石头可以看出这条巷子并不年轻，踏在这样的路上，有一种进入古老而幽深的时间隧道的感觉。

我正欣赏着周围的景致，发现在不远处的后方有人向我走来，最初我没有在意，认为只不过是一个普通赶路的人，应该是一个美女才对，我承认自己是一个异想天开的家伙。走了一段，我想印证一下自己这个荒唐的想法，于是猛然转过头去，企图让她措手不及，可是这人很聪明，我转头的同时她却走到围墙边用手指在砖缝里掏什么，我想象不出一个漂亮的女人会在这破墙里找她需要的什么东西来，要是我从旁边一条岔道拐出去，走不了多远我就会到达朋友那里了，不过这个女人吸引了我，料想她靠在墙边只不过是一种掩饰，而且使我惊异的是，与我大胆的胡思乱想居然分毫不差，她就是我先前所见的那个白衣女子，我决定继续沿着巷子走下去，无非是要这个美丽的幻想延伸得更加遥远。我故意放慢脚步，她也跟着放慢（而且自然得让人无从觉察），我站住，她也停下来抬头看天或是自顾自地理一理衣袖，我加快步子往前走，她也迅速地跟了上来，我反复验证，认定她跟踪我无疑。

其实巷子已到尽头，前边绕过一棵冬青树向左，围墙开一道小门，一条小路由此穿门而出，再向远方。我计上心来，进门到围墙后面的角落里躲起来，看她怎么办。过了一分钟，她果然急步上前。听着她急促混乱的脚步声，我暗自好笑，哼，看她怎么找我，不一会儿，脚步声渐渐远去，我才偏头向外张望，循着她的背影跟上去，走了很长一段，发现前面并没有人。我想她会不会也像刚才我一样躲进旁边的一个地方，可是我一路沿途察看，根本没有一个地方可供她藏身，我又向前跑了很长一段路，结果照旧，她的影子都没有，可是我分明看到她从这条路走的，如果继续往前走，我不知道路的那一头到底有多远。我现在才想起来自己受好奇心的驱使，浪费了不少时间，我得赶回到朋友那里去，于是便踅了回来。因走得太快，我累得出了一身细汗，经过冬青树时，我向围墙里张望了一下，发现女人躲在我刚才位置，她款款走出：

"为何跟踪我？"她质问道。

"我跟踪你？"

……

换位跟踪

当时我们又说了些什么，或者做了什么，她怎么又回来躲到我刚才站的位置的，似乎清晰无比又模糊不清，记忆的恢复是极端困难的事，所有的一切似乎与陌生男女之间常有的相遇可能会出现的情况雷同，问题是每个情节与惯常情况的差异大得使我难以置信，我过度敏感的神经就像凸透镜和凹透镜一样，反映出来的是过分地夸大或粉饰了的细节，不是歪曲就是弱化了事实……

在四楼的楼梯间，开始我还在贼眉鼠眼地胡瞅乱瞧，准备钻进一个垃圾桶躲起来，蜷在里面算了，只要不被她逮着就行，可是现在，我几乎被好奇心弄得发狂，她到底是什么样子？我们到底说了些什么？……挖空心思绞尽脑汁还是一丁点儿都想不起来，我打了自己一个耳光，小屁眼，为何不敢下去？躲什么躲，现在恐怕要去找到她都难。

事不宜迟，我马上行动，直接从电梯下到一楼。

此时，人迹寥落，不要说人，毛也没一根，我站在那儿生了几分钟闷气，认为这样毕竟不是办法，此时天还没有黑，做什么都来得及，不然悔之晚矣。

关于这个女人的记忆，总是或多或少地跟恐惧联系在一起，她大概给我打过两次电话，说话简直夸张死了，几乎跟她美丽的外貌不相匹配，如果不是她的漂亮，我甚至怀疑她从事的是不良职业——我这人最大的弱点是认为所有的姣好女孩都是纯洁善良的，即使她们生气了揪掉皇帝老儿的几根胡子也应该毫无原则地给予宽容。那天接通电话才说上两三句，她单刀直入，问我有没有女朋友，其实我没有，我不想跟这么混蛋的人浪费时间，总觉得她说话不如她的外表可爱，更不可信，于是我告诉她：

"我女友很漂亮。"我没有说比她漂亮只是不想太过分，希望她知趣点。

"没关系，只要你没有跟她结婚，我都可以跟她公平竞争。"居然有这种女人，本人还是头一回碰上，以这样的方式跟我套近乎，也太失水准了吧。

我说："你别这样！"

"你有女朋友没关系，可以再增加一个嘛！"她说，"如果万一不行，我还可以做你秘密情人，不会让她知道的，也绝不会给你带来任何麻烦！"

"哇，你真是一位侠女，我佩服！"

"谢谢你夸奖，我好开心。"她说。

"想必你是传说中的'天下第一剑（贱）'吧？"

"你……"

挂掉电话，心里堵得慌。

此时，这个让我害怕得落荒而逃的女人又勾起了我该死的好奇心，她在哪里呢？

黄昏的天空正被均匀的微雨分割，跨过行人稀少的街道，便是那家书店了，或许我在这里能看到她，虽然这种可能性极小，但不等于没有。

夜幕降临，繁华的灯火似乎是瞬间一涌而来。我正沮丧，忽然发现前方一个穿白衣的女子，喜从天降，必定是她了，悄悄跟了上去，或许她已觉察到了，似乎在加紧步子往前走，我继续跟上，以路边的树或建筑物什么的隐蔽自己，希望她放松对我的警惕，同时我发现她也在躲躲闪闪。我想，这不就证明了吗？一定是她，白天她打电话说下班时要来找我，为何现在却像老鼠见了猫似的一个劲地逃呢？跟了一段，她往岔路口一闪，不见了。

很快，我到达她刚才的位置，瞅了大半天不见人影，急得没法，一看墙根下有个老鼠洞，便马上蹲下去扒了两下，立即又回过神来：一个人无论如何也不会钻进老鼠洞去，你呀，真傻！我给了自己一下，抬起头来，她不正在前面吗！我没有急着跟上去，看她走远了点儿，才从墙边畏畏缩缩地继续跟过去，有时她会忽然来个急停，冷不防扭过头来盯住我，因为我一直看着她，她一回头我便会低头去拍拍裤子整整衣摆什么的，后来她走得很快，我也尽量加快脚步，她走走停停，我也如此，后来她在冬青树那里消失了，我急得不知怎么办才好，最后决定继续往前走……

恐惧隐退

　　我的记忆破碎不堪，企图通过想象的换位跟踪找回接下去的片段，结果一无所获。

　　她曾经给我打过电话，我查阅来电，找出她的号码，拨她的电话。

　　"你在哪里呀？"我问。

　　"先生是哪位？"

　　我便报了自己的名字，她说："你跟我联系，就不怕你女友……"

　　"骗你的，我根本没有！"

　　"重说一遍！"

　　我便重说了一遍。

　　"太好了。"她说。

　　"那怎么办？我怎么已记不起来，那天在巷子里后来我们说了些什么，又做了些什么？能不能告诉我？"

　　"告诉你什么？"她莫名其妙。

　　"后来我们之间发生的事呀。"

　　"发生的什么事……"

　　……

　　这是个遗忘盛行的年代，她已记不起来。

　　"那好，我们在巷子里见面吧？"她提示。

　　"现在几点了，你看看。"我惊奇地问。

　　她说："子夜一点半。"

　　"又重来跟踪一次吗？"我想，跟我想象的跟踪还不是一个结果，

"有啥用。"

"当然不是！"

我问："那怎么办？"

"你只要到巷子里等我就行了。"

"好！"

古老的巷子向深微缥缈的一端延伸，夜黑如墨，交谈的絮语消失了，时光静静流淌，无声无息，行进的脚尖穿越寂灭风尘，故事在幽暗中弥漫荡漾，所有的想象已默然凝固，她的气息渗透我的全身，我第一次也是最后一次，拥吻了她虚幻的身体……

被朝圣的红颜

真主又以仪姆兰的女儿麦尔彦为信道的人们的模范，她曾保守贞操，但我以我的精神吹入她的身内，她信她的主的言辞和天经，她是一个服从的人。

——《古兰经》

一

李桑歌决定离开这座城市时，只想做一件事，他要见麦佳。

麦佳在哪里呢？李桑歌不知道。他打电话问阿刚，那时李桑歌是通过阿刚认识麦佳的，阿刚在遥远的北方城市，隔着迢迢千里的路途跟李桑歌说话。

不会吧，找她干吗？她肯定在酒店做小姐，阿刚告诉李桑歌的时候，充满了嘲讽的口吻，李桑歌，你不会跟那婊子勾搭上了吧？

李桑歌不说话，随阿刚说去，等他说完，他就把电话挂了，阿刚当然不知道麦佳跟李桑歌的事。

阿刚说什么，李桑歌不会在乎，他觉得麦佳很好，尽管她以前是二奶，现在可能在酒店做小姐，真的，李桑歌都不会在意，他喜欢麦佳，她的柔情和美丽可以让李桑歌忽略她身上所有的缺点。

阿刚没有告诉他麦佳在哪家酒店，只说了几个酒店的名字，其中有一个叫南堡的酒店，李桑歌听到这个名字，觉得麦佳可能就在这个酒店，这个名字很容易让李桑歌把它跟古典豪华金碧辉煌这样的词语联系在一起，他认为麦佳身上富丽华美的气质与这样的环境很相称，李桑歌决定先去南堡。

李桑歌想象不出现在麦佳是什么样子，不过才两年的时间，麦佳也不会变化到哪里去。麦佳确实很好看，将清雅脱俗的纯净之美和性感妖艳的世俗之美集于一身。李桑歌喜欢她圆润饱满的乳房，大，圆，白，李桑歌当初只有一个念头：要看一眼她的乳房，只看一眼就够了。

二

南堡酒店并不在这座城市的南边，而是在西边，给阿刚打完电话，李桑歌有点迫不及待，简单收拾了一下就离开了宿舍，马上到楼下拦了一辆出租车。除非是在梦醒时分欲望膨胀的午夜，他不知道为什么很少想到过麦佳，自己要离开这座城市了最先想起的居然是她，也许麦佳是这座城市留给他最鲜活的初次记忆，那时李桑歌刚来这里，觉得什么都新奇，有事没事便到公司宿舍下的小区闲逛，他非常喜欢这座城市，说实在的，李桑歌对这个城市了解太少，自从跟小区门卫阿刚认识，他才知道原来这个城市如此之大。

那天晚上李桑歌正在跟阿刚在门卫室闲打牙儿，一个女孩从出租车上下来，站在对面楼下的花池上叫阿刚，李桑歌就跟阿刚一块儿过去了，这个女孩便是麦佳。椰树下，昏黄灯光的剪影飘忽闪烁，在麦佳的身上斑驳错落，她穿一件浅蓝色的裙子，见他俩走过来，便叫他们帮她把出租车里的东西搬到电梯里去，因门卫室当时就阿刚一个人，阿刚叫李桑歌帮她一下，自己便回去了。

不过是一些零零碎碎的食品和日用品，另有一台电视机，李桑歌跟麦佳一起把东西搬进电梯，转身要走。

再麻烦你一下，电视机太重了，我一个人搬不动，麦佳叫住了他。

好的，李桑歌又踏进了电梯，电梯的灯光很亮，很白。进了电梯，李桑歌一下子愣住了，麦佳太漂亮了，目之所及，心旌摇荡。李桑歌收回目光，一下就红了脸，电梯的声音呼呼地响，李桑歌感觉就要窒息，麦佳的裙子质感而柔软，胸脯高高突起，裹着的不知是怎样惊心动魄的冰肌雪肤，李桑歌想，那一对丰盈充实的乳房手感肯定很棒很棒。

三

南堡酒店坐落在城郊一个工业园出口处，看起来并非想象中的那样典雅高贵，反而显出现代建筑常有的那种肆意铺张的奢华，在高耸的楼层上，竖写"南堡酒店"四个鎏金大字，纹边霓虹灯闪烁不息，旗帜迎风招展，对面街道上穿着工衣的人络绎不绝。

李桑歌看看表，七点半，时间正好，如果麦佳确实在这儿做小姐，这个时候一定会经过这里到酒店去上班，李桑歌极力回忆她的特征，以免认不出现在的麦佳，对于几年前的麦佳来说，李桑歌太熟悉了，她的呼吸，她的皮肤，她的呻吟，她的体温……以及她的眼神，李桑歌都记忆犹新，他第一次见到麦佳那双眼睛就记住了，麦佳瞥了他一眼，他全身便风驰电掣地掠过一阵痉挛。

一起乘电梯的情景似乎就在眼前，当李桑歌抑制不住抬起眼去看麦佳的时候，麦佳正看着他，涂了亮绿眼影和睫毛膏的眼睛晶莹明澈，柔情流转，犹如一带静水，波光明媚却又深不可测，任由他目光穿游，麦佳说了一句什么话，翘起嘴角，微微一笑，李桑歌也笑了一下，电梯便在十三楼停了下来。

麦佳站在电梯口，李桑歌把其他东西一件一件传给她，最后才把电视机推出电梯。他以为这样就完事了，如果麦佳不叫他做什么，李桑歌就要随电梯下去了。麦佳打开门，叫李桑歌帮她一起把东西搬进去。此时，电视放在客厅，麦佳对李桑歌说，你先坐会儿，我先冲个凉，等会儿还要你帮我一下……李桑歌只觉得全身燥热，似乎什么问题都不能思考，洗澡间淋淋水声隐隐传来，李桑歌满脑子是麦佳晶莹洁白的身体和活泼乱跳的乳房。

四

站在南堡酒店对面的马路上，李桑歌等待着麦佳的出现，如果现在李桑歌认不出麦佳了，但麦佳向他走来的那种神态是变不了的，麦佳追上他时的情景永远挥之不去，就在麦佳站在他面前的那一刻，他心里忽然有了"爱情"这两个字，马来西亚老板后来驱出她，李桑歌都认为是麦佳因爱情为他做出的牺牲。

爱情是伟大的，是神圣的，为爱情做出任何行动都是值得的，当麦佳站在他面前的那一刻，他说服了自己，两人的手激动地绞在一起，心里的坚硬羞涩被暴涨的热情熔化了。

夜色完全暗了下来，城市的天空辉煌而辽阔，麦佳还没有来，南堡酒店仍旧摆着一副冷酷傲慢的样子高高矗立。

等待是令人痛苦的，不管是现在还是以前，等一个洋溢着青春气息的女人更是如此，而且还听得见浴室里的清水在胴体上纠缠不休的声响，李桑歌随手拿起沙发上的一本时装杂志无聊地翻着，等到水声停止……

不一会儿水声就停止了，麦佳用毛巾将细嫩白皙身子上的水一点一点地吸干，李桑歌甚至觉得自己就站在麦佳的面前，她擦拭腰背时轻轻掸动毛巾身子局部的动荡他似乎都感觉到了……麦佳的确出来了，裹着一条宽大的浴巾从李桑歌身边经过，走进了卧室。

不知怎么的，李桑歌想立即就走，他口干舌燥，麦佳在虚掩着门的房间里说，不好意思，让你等这么久，茶几下有杯子，渴了你自己倒水喝，别客气。

好——啊，李桑歌嘴唇粘着牙仁，舌头像打了结，很费力地说出两个字，他不明白女人在房间里干什么，换衣服要这么久吗？李桑歌不好意思问，窘迫压得他喘不过气来，他只想尽快帮麦佳把电视机摆放到位置上，逃离这个令他无比尴尬的境地。

麦佳着一袭宽领抄襟羊毛衫，来到李桑歌的面前，俯下身子在茶几下面拿盛水果的篮子，吃水果嘛，刀子在这儿，不喜欢削皮就拿过去洗。抄襟睡衫半掩半开，雪白乳房若隐若现，丰腴流畅的曲线向胸间荡漾开去。

五

如果李桑歌不想吃水果，帮麦佳做完事一走了之，可能就不会跟麦佳发生后来的一切。李桑歌也不知道自己会以怎样的方式从一个青涩少年变成货真价实的男人，那一瞬间他觉得自己灵魂深处那一道戒备森严的铜墙铁壁轰然倒塌了，从此拔地而起成为顶天立地的汉子，可那时李桑歌口渴得要命，还咕嘟咕嘟地吞着口水，就像现在一样，他站在酒店外的路边等麦佳，一等不来，二等不来，李桑歌等得口渴了。他不敢抽身去买水喝，他担心在短暂的时间里错过了经过这里的麦佳，不一会儿，在对面不远的路口涌上来大约十来个打扮华丽的女人，后面跟着两个保安。

李桑歌记得那时自己还不会削梨子皮，于是接过麦佳递过来的篮子，到厨房去洗水果，的确是口太干了，洗好第一个就忍不住先咬了一口。麦佳走过来，李桑歌红了脸，他想他的吃相肯定太不雅观了，于是马上把吃了一半的梨子放在一边，拿了一个苹果继续洗。

你吃吧，我来洗，麦佳说。

没关系，我洗，说罢麦佳便挨了过来，李桑歌难掩赤子的慌乱，可是还在坚持自己的意见，手在水里搓着一只苹果，麦佳已拿了一只来洗，两人的手在水里有瞬间的触碰，不约而同一闪缩了回去，李桑歌莞尔一笑，故作无事，又到水里拿起另一只苹果，麦佳便在水里捏住了他的手，李桑歌感觉有细腻滚烫的粟粒流蹿全身，麦佳抱住他，吻，唾液冰凉爽滑，两只饱满的乳房顶住了他的胸口。

六

最终李桑歌还是逃了。

李桑歌一把推开麦佳，拉开门，跌跌撞撞从楼梯往下奔，他等不及上电梯了，她怕麦佳跟出来。

现在李桑歌坚决不逃，只要能看到麦佳，他一定会上去把她叫住。

她们上来了，袅袅婷婷跨过马路，李桑歌认真地打量着从他身边走过的每一个女子，直到走完最后一个。可是李桑歌没有发现麦佳，但是他发现了一个认识麦佳的人就在这个队伍里面，这总好过什么都没有，只是她走在前面，李桑歌当时正注意队伍后面的人，看是否有麦佳，所以就忘了叫住问她，等他再回过头来，女孩在酒店的台阶尽头留给他一个模糊的背影，他决定还是马上去问她。

李桑歌逃出麦佳屋子的情景历历在目，楼道里的电灯在李桑歌噼里啪啦的脚步声里鸟儿扑腾般次第闪亮，照耀着李桑歌急促无措的脚步和孤单跳动的影子。从十三楼到一楼，这段并不短的路程，李桑歌逃跑的冲动逐渐变成了对麦佳青春身体的幻恋和渴望，匆忙的步子变得迟缓，灯光的闪亮也变得犹豫不决，走着走着，李桑歌的肢体似乎就散了架，他希望麦佳从楼梯上追下来。

在南堡酒店楼上，李桑歌问了几个人，总算找到了刚才在门口看见的那个女孩，她一脸惊愕，问他找她做啥，李桑歌就说他找麦佳。女孩在跟李桑歌说话的同时，还不断有人跟她打招呼，交谈也断断续续。她告诉李桑歌，麦佳的确在南堡做过小姐，现在早已不干了，李桑歌说麦佳这么好的条件怎么说不干就不干了呢？说完这句话李桑歌才觉得太冒失，不该在一个丰姿秀丽的漂亮女孩面前称赞另一个女人。这女孩并不在意，她很客气地说，我不能陪你了，她告诉李桑歌麦佳现在的地址，说麦佳现在就是没有这条件，做不了小姐。

李桑歌一步一步走下南堡酒店台阶，心乱如麻，跟三年前从麦佳的屋子里冲出来时有些许的相似，只是那时李桑歌的脚步由快变慢，是因为抑制不住心底潮起的饥渴，现在却与之相反，他健步如飞，希望尽快到达麦佳的住处，而那时的李桑歌在楼梯上磨磨蹭蹭，等待着麦佳追下来，麦佳并没有追下来。

李桑歌百无聊赖地往楼下走，麦佳站在一楼的电梯口，李桑歌一阵眩晕，麦佳高耸的乳房浑圆挺拔，使李桑歌的激情再一次呼啸着一涌而上。

七

做二奶、做小姐都是要条件的，这没错，但是那时李桑歌从来没有考虑过这个问题。麦佳太漂亮了，任何一个正常的男子都会因麦佳的风情而倾倒。他崇拜麦佳，因为麦佳给了她思考，如果世界上没有女人，男人的存在是毫无意义的，反之亦然。在李桑歌看来，麦佳的身体冰清玉洁，她的心地善良温柔，有关她的一切，都是美好的。有麦佳，李桑歌觉得自己才是真正鲜活存在着的生命。

李桑歌离开南堡，钻进出租车，前往麦佳的住处。

当时麦佳轻轻地推开向她冲过来的李桑歌，电视机还没搬上去呢，怎么你说走就走了，做好事就要做到底呀！麦佳娇柔可爱，令人心颤，她说，不好意思再去叫阿刚了，李桑歌想说点什么，舌头却僵住了。

一个懵懂无知的男人，沉睡的欲望一旦被唤醒，就如暴发的山洪一般不可遏止，变得无比勇敢，进了家，踢上门，李桑歌就急不可耐地搂住了麦佳，急风暴雨般的狂吻使麦佳喘不过气来，像饿虎扑食，势不可当。你干什么呀？你干什么呀？麦佳拼命地挣扎着左躲右闪。可麦佳越是挣扎，李桑歌征服的决心就越强，抱得更紧吻得更加疯狂了。放开我好不好，麦佳几乎是在求饶了，在这里怎么行，要就到里面去。李桑歌终于明白了女人的意思，抱起就往房间里走。

李桑歌在麦佳现在的住处找到她的时候，两人相遇的情景居然与当年大同小异。

这条街是这座城市老城区的内城，大多数房子还是从前的旧宅，行人往来不绝，两边摊点云集，商品琳琅满目，店铺林立，各种餐饮美味飘香。走进去大约三十米，果然有一家川菜馆，门首一幅不大不小的喷绘，写着"麦佳川菜"四个字，一边关着卷帘门，上面贴了一张红纸，歪歪斜斜写着"旺铺转让"的毛笔字。时值晚饭时间，大厅里只有一男一女围一张桌子面对面吃饭闲聊。一问服务员才知道，麦佳根本不在这里，平时也很少来，全托她的侄子料理。服务员打电话告诉了麦佳李桑歌来找她。十分钟过后，李桑歌来到麦佳的住处，麦佳迎在门口，只需一笑，她入骨的风情还是令人不可抗拒，而今更是成熟性感，韵味十足。旧情重来，李桑歌的血液被点燃了，仿佛一下子又回到了当年，他要最后一次看看她的乳房。

八

那时李桑歌是无知的，抱着麦佳扭动的身体进了卧室，像寻宝的人搂着一只金娃娃欣喜若狂，放在床上就开始在麦佳的身上啃，扭动着的女人软成了一摊水，可李桑歌自己还是全副武装，女人一把推开他，懂不懂啊你？谁像你这么干的！把衣服脱了。李桑歌以为是麦佳叫他脱她的衣服，笨手笨脚地去解她抄襟羊毛衫上系着的带子。谁要你脱，脱你自己的，快点，女人推开他，一边说着，三下五除二已把自己剥了个精光，两只丰美的乳房小白兔似的一蹦而出……李桑歌牛仔裤的铜拉链卡住了急得没法。要死要死，麦佳一把撕断了他的拉链，李桑歌蹬掉裤子就要上身……

无数个多情而疯狂夜晚，李桑歌切身体验到作为男人的强大和狂野，女人又是怎样令他酣畅和痛快，为何柔情似水却又坚不可摧？李桑歌说不清，但麦佳的身体传达给了他真实的感受，一次又一次，使他充满了挑战和征服的野心，他信心十足，稳操胜券：游离，巡循，侦察，奔突，挺进，杀机四起，神兵动于九天之上，令之猝不及防，处处受敌，守者不知其所攻；排兵，布阵，开关延敌，深藏于九地之下，攻者不知其所守；明枪暗箭，你以山形地势十面埋伏；声东击西，我有金戈铁马突出重围；呼号，推进，向前，呐喊，冲锋，拼杀，混战，千军万马长驱直入……谁丢盔弃甲，谁横扫千军，谁一败涂地，谁笑傲沙场，敌是谁，谁是我，酣战、喘息、呻吟、呼救、死而死也，灰飞烟灭……双方最终都被畅美的幸福击倒，世界和平而安宁。

拥抱，热吻，一如当年，麦佳的训练使李桑歌非同一般，潮湿，膨胀，汹涌，燃烧，水与火的缠绵，李桑歌的亲吻沿着麦佳的纤纤脖颈一路下滑，在背后的手解开了她胸衣的一只小钩子……麦佳猛地推开他，李桑歌，不是我不想要，我曾经是妓女、是二奶，我不虚伪，只是不想让你太失望，麦佳说，当初我们之间发生的一切都是单纯的，为了欲望为了爱，别无所求，而我跟他只为了钱，我没有爱过他，老东西要我是因为我漂亮的脸蛋因为我青春的身体因为我有一对美丽的乳房，一旦失去他就不要我了，卖身也不能了我还有何用，早知失去了乳房就失去了一切，就不做切除手术，因乳腺癌而死掉，有一个完美的身体，也远比痛苦地活着好……

对不起啊，李桑歌，麦佳说，我不是个好女人，即使我是完整的，我也没有资格来爱你，何况我没有了你喜欢的乳房……麦佳脸上罩上了绝望的灰色，她伸起手，从容地一颗一颗解开衣扣……就在她胸衣要滑落的那一刹那，李桑歌扑上去掩住了她的胸怀，他怕看到她残缺的身体……

拥着麦佳扁平的胸，李桑歌一阵钻心的绞痛，泪水早已夺眶而出……

黯然转身离去，他要在记忆深处珍藏麦佳永远完美动人的乳房。

电话粥煲煳了

他们是痛苦的，他们是幸福的，他们用挚情的火苗烧烤生活的锅巴……他们电话粥煲煳了，飘出幸福的味道。

——作者

初雪站在学院门口左边的石碑下，看着校园出入的人流，揣度着什么。

此时这些路过的人中没有她要找的人，她有点沮丧，脸上写满了忧伤，感到自己所下的决定太突然了。而这一切对于她的男友阿明来说更是难以接受。可是，初雪一转念，当断不断，难道要我们两人就这样痛苦下去……她耸了耸肩，脸上划过一丝生硬的笑，算是这次与阿明艰难谈话的排练。

今天的天气格外明朗，然而在阿明的感觉中，却充满着凝重的阴霾，他有一种预感，等待他的将会是一种什么样的不幸——他感觉很灵。从民生路那边刮过来的一阵风，吹得落叶在地上旋转着，像一个句号，是该结束的时候了，真正的爱为什么在卑俗的市声中这样轻而易举地被击败……

初雪看着无精打采走过来的阿明，心如刀绞，我该怎么办？不，不能软弱！如果不了结，对谁都没有好处。如今满城风雨，是该结束的时候了。她干咳了一声，阿明没有看她，走了过来，他们朝着民权路那边的街走。就是在那条去码头的石阶上，初雪站住了，她咬了咬嘴唇。

阿明，我们谈谈！

谈谈？好啊。阿明答道。

可是，正当要说出口的时候，却是那样的艰难，她不是一个忘恩负义的人，但是，这样的日子怎么过呀！学校的老师和同学每天问长问短，一下课记者就来聒噪，有时还跑到她家里去采访。近一个月来，报纸上对他们这对英雄美人"传奇"的报道和评析，让她处境为难。有时，她真想站出来否定媒体的报道，可又担心阿明，她痛恨自己在处理感情问题上的软弱性格，在一旁的阿明终于开口了。

今天你来的目的我都知道，你妹妹告诉过我了，在他们看来，是因为我救了你，才得到了你的真心。这不是没有道理，试想，如果那天不是我，而是另外的人救了你，那又会是怎么样呢？结果肯定不会是这样的。再有我不自知，救了你，我又跟你走在一起了。在人们看来，他们认为当初我的"壮举"都是卑鄙的。以前，我就意识到了这一点，可是我没有想到会这么严重。

初雪，我知道你想告诉我的不外乎就是向我提出分手。这很好，不要觉得开不了口，不要觉得对不起我，早该这样了，本来，我早就该忍痛割爱。可是我一错再错，唉！一切都是我的错，我本来上星期就想跟你说的……

那天佳伟来告诉我，这段时间你经常逃课，是怕记者纠缠么？其实你尽可不必理会那些家伙，看他们能怎么样，为什么他们每次的报道结尾都写着"本报将继续给予关注"呢？就是因为我们解释得太多了，给了他们余地，引起他们疑鬼疑神。那家报纸竟然说我们以前就是恋人，说上高中时我们都在二十八中，只是你成绩不好没有考上大学，我上了大学又在那里有了一个女朋友，你气急了就往江里跳，报道还说，是你看到我来了才往江里跳的，这些难道都能信吗？

他们真会编，只是现在我没有时间跟他们闹。我想总会有风平浪静的时候，闹一阵就会平息的。

我知道你很痛苦，可这有什么办法呢？我们都在二十八中念过书，怪不得人家编得像，再有，我念大一的时候你就补习高三，你轻生的原因又不便说出，可这就不怪人家编派我们了。

一切都是我的错，我不应该把你送到医院又一直等着你醒来，我应该打电话给学校，让学校联系你的父母，只是情况太急，我真的什么都顾不上，生怕耽误一秒钟，本来在船上的时候我答应给他们五块钱的辛苦费，叫他们中的一个人帮我一起把你背到医院去。可他们两人都来了，而且还买来饭给我吃，当时你还在昏迷中，我吃不下饭，我被他们的热心和善良感动得哭了，他们到底什么时候走的我都不知道，五块钱已忘了给他们。给我买的一个饭，虽只值两块钱，可这两块钱是他们一家人一天的生活费呀！然而他们却是那么的慷慨。你出院后我到江边去找过他们，一直没找到。是不是他们有意躲着我？江上就那么几家划船的，他们会去哪儿？

我不该在你父母已到来的时候还不走，几天的时间，没想到我们会有那么多话可说，那个时候我已知道，我彻底喜欢上你了。我最后一次去你家看你那天，这座城市第一次下了一场雪，哇！多像你的名字——初雪。为了纪念这个特别的日子，我买了一条雪白的围巾，打算送给你，只是我万万没有想到，我还来得及从口袋里拿出送你的围巾，你却双手捧出了亲手为我织的一条同样雪白的围巾。我当时好激动。当我拿出送给你的围巾时，我们都笑了，从此，我们都把对方系住了……

我一直为我们的相遇感到幸福，也一直为我们的相遇而痛苦。要是那时在二十八中我们真是恋人就好了，但遗憾的是，我对你的爱却一无所知。直到我一起随你扑进长江，才认识你，认识到你的美丽、善良、聪明和可爱。为什么呢？偏偏给了他们胡说八道的机会。

你说你在二十八中时就认识我，我的确一点不知道。那次校运会我没有踢进一个球，却得到了一个同级女生的暗恋，当最后一天你在医院里说出来的时候，我是多么的吃惊，又是多么的幸福。为什么在二十八中我没看到你，哪怕只知道你的名字也好啊！

算了吧！我们只能到此为止。我知道这是你今天找我的真正原因，不要难过，谁叫我们相遇得不是时候呢？谁叫我们相识得不是地方呢？谁叫我们……

我知道，这一生中，我再也不可能有这样至诚至爱的感情了，我再也找不到像你这样的好姑娘了，或许命运缘终聚散，我只能为此痛苦一生，我也会感到欣慰，因为，我曾经拥有过，我会用一生的青春来感受，去珍惜……

初雪听着，听着。沉默，沉默，良久地沉默……

阿明这个感情丰富的男子，此时，泪水早已夺眶而出，一任感情的潮水的疯狂倾泻……

不！初雪，不！不！不！不要分开，不然，我们会后悔一辈子的……

二十年后

我只能爱你一个人，我想，你是因为受不了社会上舆论的压力而违心地拒绝了我，其实你内心一直就深爱着我，对不对？好吧，你去吧！无论到什么时候，我会一直记住你的好，我会永远珍藏着你的笑容、你亲手给我织的那条雪白的围巾……

我常常在想，能够一生一世爱一个人是多么的不容易，又是多么的美好。虽然我们的路已到了尽头，可是对于我来说，我一生的爱才刚刚开始……

也许时光流转了多少年，那时候，天地已经改变，物是人非，可能你早就把一个叫阿明的人忘记了，或许偶尔想起，也不会有过多地在意，你谈恋爱，然后结婚了。师大毕业，你进了一所中学，从事着你热爱的教师职业，假如就是二十八中，就是在你曾经对一个同级男生产生暗恋的那所中学，你每天从学校足球场经过，与你的同事一起聊本城新近发生的事、教学情况，嗑瓜子……你找到了你心目中的好丈夫（并不比阿明差），然后，你们生儿育女，过着平静而幸福的生活。你们又是同行，互相理解、信任，家庭生活和和美美、丰富多彩。

就算时乖运蹇吧，你没有考上一所好学校，只上了本市一所普通的大专，毕业后，回到你出生的那个并不繁华的乡镇，在一所乡村小学教书。相对一般人来说，你是幸运的，你温柔、漂亮、善解人意，与风华正茂的村主任组成了家庭，你丈夫很有威望，你受到人们的普遍尊重和爱戴。

你想不起我，是因为你太幸福了，对于你来说，来自家庭以外的一切不谐都是对你幸福的肆意挑衅，对这些不谐的声音，你会无情地给予回击，或者，有一天，一个知情者无意间谈到我们曾经的那段爱情，你会很生气，破天荒地骂她是疯子（你平时从来不骂人）。

你可能不会相信一次偶然的相遇，就锁定了一个人一生的命运，那个叫阿明的傻瓜自从与你分手以后就再也没法振作起来……

你不知道他在什么地方，凭他的才华，肯定能在政府机关谋一个好差事，就是万一不行，进报社工作想来是没问题的。可是你一直没有看到他的名字（你几乎每天都可以在学校看到本市所有的报纸，也许他用化名了吧），可是你万万没有想到，自从那次你们分手后，他就离开了学校，刚开始时做自由撰稿人，拼着命还能勉强维持生活，后来他就渐渐厌倦了自由撰稿人这个职业，可是你没有想到，这次他的决定是多么的令人吃惊，他毅然回到老家，操起了他祖传下来的木匠职业，亲戚朋友都鄙视他，家人也骂他没造化，他还是犟着干，他还学会了泥水工等体力活。他要彻彻底底做自由人，精神上的自由人，白天干累了，晚上舒舒服服地睡上一觉……

其实多少年来，他一直在寻找你，可是都没有你的下落。后来通过多方打听才知道你在一所乡村小学任教。知道你时，你独生儿子已经上初中二年级。掐指一算，我们分手已经二十年。

你绝对不会想到，过了这么多年，还会有一个人对你一往情深。看到他，你也不认得他这个人——一个乡村木匠。

我开始挨家挨户地揽活，我来到你的邻居家改门窗框，安装钢架的玻璃窗。我每天看着你去学校，又从学校回来。一天下午，我听见你在跟邻居说要准备添置新家具，果然，第二天你丈夫就来找我谈价钱，他是一个不错的男人，仪表、人品，从谈话就看得出来，他很有含养，而且大方，所以他说多少就多少，我没有还价。对我来说，能走进你的家看一眼，能与你同在一个屋檐下，我已感到很满足了。

那天你从学校回来，没有先去做饭，而是到外间来看我干活，你根本就认不出我了。你跟我拉家常，问长问短。是的，你怎么会相信，曾经你心目中的英雄，怎么会是现在这个样子呢？那晚我一夜没睡，我想，人啊，为什么会这样，我承载着一生的情感四处打听你，结果却是这样的结局。走进你家，可是我感到的却是难以相识的陌生。当晚我就想收拾东西离开，我最后还是没有，是的，我现在是一个木匠，木匠只知道干自己的活，别无其他。

一个月对我来说遥遥无期，却又感到像是一瞬间那么短暂，不管是怎样，现在都该结束了。你说了等到你下午五点回来做饭吃了给我工钱再走，是的，我是木匠，我要工钱，其他什么都不重要。你终于来了，你在厨房里弄得叮叮咚咚作响，我坐在客厅里不是滋味，这样的声音听起来是那么的美妙和动听，可是能长久享受这样声音的人不是我。我马上就要离开了，大概是我对这种声音的痴迷，所以有这些想法。这么多年才找到你，我就这样一走了之吗？不，一个声音否定了此时我的这种想法，一定要把一切告诉你。我蹒跚着走进厨房，你正撑着锅台炒菜，我便站在那里，打算等你忙完了我再对你说。你忙完了，看着我呆在那里，客气地叫我到客厅去休息，说饭马上就好了。我一动不动，我说，初雪，认识我吗？我知道现在的我已不配说更多的话。你一听，很吃惊，心想这个木匠怎么会知道你的名字呢？因为谁都叫你余老师，包括你的丈夫在家里也这么叫。我接着说，我是阿明，记得我吗？就是C大中文系的学生，我们在医院认识的。你怔住了，睁大眼睛看着我，就像那次把围巾系在我脖子上之后打量我的样子。只是没有了少女的那份羞涩，只有茫然和迷惘。我看出了你的震惊，于是我告诉你，十多年来我一直在找你，可是我知道这一切现在说出来都是罪过。我来迟了，也说得不是时候，我走了，不久之后，你们家平静如初，像什么事情都没发生过一样，你不会过多在意一个木匠说的话，尽管你以前是那么的喜欢我，爱我。那些多情而温柔的夜晚，在江边的草坪上，对着星星发誓说过要跟我永生永世在一起……可是你爱的是一个大学生，一个叫阿明的大学生，他英俊潇洒，而不是一个木匠……因此，木匠只有用岁月、用刨子来抒写自己生命的情感……

或者，自从我们分手之后，我成了一个流浪的艺人，原因是我对学校里所有的课程都失去了兴趣，笛子、二胡这些简单的乐器，却能让我沉醉，才能给我慰藉……

没想到，一晃二十年，我还是一个到处游走的人，我以笛子、二胡为生。

那天也是一个平常的下午，没有下雨，太阳躲在云层后面，风也不大，我一路拉着吹着，讨厌的是一个下午没有一个人买我的东西，傍晚天上的云层似乎在越积越厚，最后还下起雨来。我出门时忘了带雨伞，所以只好在公共汽车站台避雨，我旁边有好几个穿着印有二十八中标志校服的学生，我感到格外的亲切。二十八中是我的母校，并且我不会忘记曾经有一个同级的女生就是在这所中学的足球场上看到我并开始暗恋我的，而凑巧的是后来我从江里救了她，更巧的是后来我们成了一对恋人。她在医院里告诉过我，她在校运会上看见了我，并悄悄地爱着我，可是我却一无所知……

巧合，太多的巧合，可是今天为什么没有巧合呢？为什么我不能见到她？只需一个照面就够了，二十年了，她在哪里……雨一直下，下个不停，夜，却慢慢爬上了这座白天里斑斓多姿的城市，直到七点多钟，雨才慢慢停下来。我拎着东西，准备回家（我租了一间三十平米的屋子）。我幼稚地想，我们巧合地相遇应该以巧合结束。就在我这样想的时候，眼前晃过一个女人，四十岁左右的样子，车灯一闪，我看见她耳轮上有一颗朱砂痣。瞬间，我有一个念头，会不会是初雪？她耳轮上也有一颗红痣。我紧跟了过去，有点激动，没想到我们分手这么多年了，茫茫人海中我们还能重逢，这难道是上天刻意的安排？凭着这一点，我叫了一声，初雪！你站住了，转过来全身上下打量着我，显然你已经不认识我了，我看得出来，你很畏惧，以为自己遇上了坏人，因此不理我，埋头匆匆赶路。我怕再也没有机会见到你，所以跟了上去，而且不断向你解释，你还是不理我，上了楼，我也跟了上去，心想在灯光处你肯定是能认出我的，我马上就要追上你，你却进了家，关上了防盗门，隔着门栏看着我。认出了，从你的眼神中我发现你认出了我，愣了很长时间，最后，你拼命地摇头，泪水从你的双颊滑下……你缓缓地关上了门，将我拒之门外……

初雪，请把门打开……

初雪十九时的影子像云彩，一片一片，掠过天空，掠过校园，掠过森林，掠过江边的沙滩……

初雪，不！我要见你……快把门打开……

初雪中年的背影一晃一晃，可是脸还是十九岁的那张脸，一晃一晃，脸上的笑容像小船在江上推开的波浪……

......

嚓！小区里一栋楼房六楼的电灯亮了，阿明与初雪就住在这里，他们现在也是一个十二岁中学生的父母，都四十岁的人了，阿明去年调到青岛工作，初雪在南方这座城市经营自己的公司，照顾孩子。分居半年多了，今天阿明才从青岛飞回来。

阿明摁亮电灯，拿起电话，准备给初雪打电话。身边的初雪问，你要干啥？半夜三更的给谁打电话，阿明给搞懵了，没想到已经回来了，还想给她打电话。

你梦里说的我都听见了，初雪笑着说，阿明打了一个哈欠，也忍不住笑出声来。

还是做木匠，到乡村去找，为什么不去北京找，好像我不嫁给你只能生活在乡村一样；又是流浪艺人，别再追求你的艺术家梦了，把儿子培养成艺术家吧！别做你的流浪艺术家了。昨天打电话你说的是女教师和她女儿一起用笤帚赶你，是吗？我听见你刚才说的好像是什么轻轻关上了门，下一次打电话不知又要编成什么样来哄我。死也改不了你们学中文的人的酸臭味！当初我就是把你瞎编的故事当了真，才被你得逞……

可是你自己心甘情愿上当受骗，我可没强迫你，怪不得我，阿明有几分得意。

少臭美，媒体当时都把我们说成什么样了，我还有什么愿不愿的，跟了你是出于无奈！女人揪一把他的光胳膊。

是！是！是！男人说。

小区里一片寂静，只有大门保安偶尔弄出的声响，六楼的灯一直亮着，他们在电话里说过多少次的故事，不知今晚又会以什么样的情节出现……

爱情医生

拯救爱情于危亡，拯救医生于危亡。

——作者

这个城市快要完蛋了。

真的，不是我胡说八道，我有证据，现在很多人每天忙忙碌碌，闲下来就吃吃喝喝，吃胖了就去减肥或健身什么的，让身上的肉堆起来然后又想尽一切办法弄掉，循环往复乐此不疲，无暇顾及我的谆谆告诫，我敢说，有一天他们必定会后悔现在没有采纳我的建议。可那又有什么用呢？为此我心急如焚，一天到晚团团乱转。

我根本无法入睡，常常半夜三更有人打电话来求诊，我是爱情医生，有人打电话证明我还有点知名度，这名号是我自封的，引起了不少人的冷嘲热讽我猜想得到，但我还是为这个工作雄心勃勃废寝忘食，不管是狂风暴雨还是电闪雷鸣，我都能做到有求必应，只要对方需要，我一定奔赴现场救死扶伤。当然，我也经常被一些该死的家伙骗到目的地，结果屁事也没有，为此我没有少伤心。

现在是子夜一点，很多人已逍遥入梦，我的脑门还在发热发烫，为城市人的精神抑或感情问题心烦意乱，寻找着一条抵达幸福彼岸的光明通道。很长一段时间以来，我弄清楚的不过是很少的一部分缘由，但我还是想出了几条不错的办法，可是要彻底根除这些问题并非易事，原因是大家不愿意配合，我跟人们一本正经谈起来，别人却误以为我在开玩笑，危言耸听，"你以为我是三岁小孩呀！"对方叫，好像是受了捉弄，本该洗耳恭听的谆谆之言引来的却是充耳不闻不屑一顾嗤之以鼻，我的天！

虽然困难重重，但我仍然信心百倍，放弃，要我半途而废，我没那么蠢，一定要坚持到底。

此时，夜阑人静，以至开着窗睡觉的邻居在梦中学狗叫的声音都能听得到。电话响了，是个女人，声音优美，潮湿而细腻。

她说要麻烦我跑一趟，当然，我求之不得，况且我是以爱情医生的名义深夜造访，有这个充分的理由，更显得名正言顺，不会引起别人过多的猜测。我没多问，马上穿上白衬衫，打上黑领带，蹬上皮鞋就走，一直以为这样打扮起来比较得体，严谨一些庄重一些，爱情本来就是个严肃的问题非同儿戏，因这装束，使得有的人误以为我打着治病救人的幌子拉保险。

到达地下停车场我才发觉事情有点不对头，我没有车——我的车上月抵债押了出去。开女友的车我觉得实在没面子，而且对方告诉我的地址并不在城区而是在三十里以外的村子，天亮时分也未必能赶回来，如果早晨上班时发现车不在，她肯定会生我的气。

正打算走出去乘出租车，这时一辆红色中华朝我迎面开来，原来是我的坐骑，一个急刹停在我的面前。

"先生现在要用车吗？"从车里出来一个二十来岁的小伙子。

我说："是！"

"正好还给你。"对方把车钥匙在手上晃了一下塞到我手里。

我愕然。

"是这样的，你的那笔欠款既然已经还清，我们当然要立即把车还给你，信守诺言嘛！"

我越发摸不着头脑，我何曾还过他们钱，即使有人做活雷锋把钱给我交过去，他也不至于深夜急着还车给我呀，而且不要我留下任何字据，也不怕我把车卖掉不认账……

管不了那么多，现在先用车再说，我发动引擎，车缓缓滑向出口，我习惯性地检查了一下东西，怎么回事？家里的钥匙哪去了？转头望去，那厮居然拿着我的那串钥匙走进了电梯，难道他要去我家？不行，那样我女友肯定会吓晕过去，我相信在毫无退路的情况下，她准会以生命来捍卫尊严宁死不屈为我守身如玉，她是个刚烈的女子这不用说，作为男人让她不要冒这个险才是大丈夫本色。我马上刹车切掉油门，可哪能呀！这车不知中了什么邪一个劲地往前冲，幸好门口保安反应得快，要不然不是花杆断成两截就是挡风玻璃被砸成碎片，保安高叫一声："你是不是喝醉了！"

车上了马路，一直匀速奔驰，停车是不可能的，为了一个病人牺牲女友，我值得吗？那家伙未必能找得到我们于二十三楼的家，或者还没找到我已经回来了，更或者他根本就不是去我家……我这么想着，便说服了自己。车穿过一盏盏路灯，越过一片又一片丛林，似乎是眨眼之间已到了病人的家，确实是太快了。

病人的母亲、父亲、弟弟以及同学全都站在院子里，好像已经恭候多时，作为爱情医生受到这么隆重的迎接还是头一回，我感到莫大的荣幸，可见我还是非常重要的。做母亲的蹒跚走过来为我拉开车门，他们几乎是拥着我到了病人的房间。生病的女孩看上去不过二十来岁，脸色苍白如纸，她躺在床上，见我来了，一个劲地叫医生，我应着，小心翼翼地坐在她床下的小板凳上，我要详细观察一下她此时是不是有生命危险，只要今晚她能活得过去，我就有把握让她恢复如初。

"真想不到你生病了，还亲自给我打电话。"我首先不把她当病人，希望她愿意像平时跟一个好朋友一样随便聊。其实很少有人对我这个自封为爱情医生的人报以敬意，所以我觉得只要是病人，给我打电话就是对我的尊重，心里感到非常受用。

"是呀，他们都不让我打，说你不是正规的医生！"女孩指指外间正在说话的人对我轻声说道。

"哦，那你干吗要打？"我关心女孩真实的想法。

"我这病医院的医生治不了。"女孩舔舔干裂的嘴唇。

"呵呵，没想到你倒信得过我这个编外医生，我是出邪招的哦！"她的信任使我觉得自己这医生不是那么窝囊，我想尽量幽默些，让女孩心情先放松，她这病我想是一定能治好的，当然任何药物都治不了，只有我才能治，我是爱情医生，凭的是我的学识、我的头脑、我的三寸不烂之舌，以及对病人心理方面鞭辟入里的分析和把握。

她确实很愉快，这一点从她的神态上得到了证实。

"医生，我会死吗？"她忽然问，像在说一句无关紧要的话，这显然是已经把我当成了朋友之后的自在表达。

"是的！"我回答得干脆极了，连自己也吃惊。

女孩的脸一下子就罩上了蛛网般的绝望，把头转向一边，咻咻地喘着气。

她母亲推开门走过来，狠命地掐了我一下，便掐掉了我手背上的一块皮，悄声在耳边气愤地说了一句："你滚！"没想到她母亲一直在虚掩着的门边偷听我跟她孩子的谈话。

我一言不发，这是我的职业习惯，很少有人能明白，我又重复了一遍："你必死无疑——等到八十岁吧！"

老人没听到后半句，就使劲掐了我一下，推我的背要我走人。

"姑娘，"我对女孩说，"你还小，能活到八十岁，甚至一百岁，真的，比很多人都要长寿呢！"

女孩转过来："哼，医生，你逗我玩儿。"

"你气色那么好（天知道，说这么没良心的话），尽管你病得不轻，但你是长寿的长相一点也不假。"

她说："真的吗？原来你会看相，不过小时候懵瞢先生跟你说得差不多。"

她母亲这才出去了，屋子里很静，此时我正给姑娘施催眠术，让她先睡一会儿，可这似乎没什么明显的效果。外间的人谈话若有似无，发言的大概是她的同学，那个奇丑无比的女子，他们的谈论无不表示对我的怀疑和失望，因为我没有十字卫生箱，也未对病人望闻问切，没有把体温计插进她胳肢窝，过一会儿再抽出来眯着眼睛瞧一瞧，也没有开处方、用药或装模作样地用镊子压着她的嘴唇叫她伸一伸舌头……省略这些环节只能证明我是一个冒牌的医生。即使是爱情医生也不至于这样行囊简单呀，我赤手空拳到来，而且穿衬衫打领带，没穿白大褂，现在这装扮连我自己也讨厌。

院子里一声车响，有人在动我的车，我摸了摸口袋里的车钥匙，并没有丢失，女孩垂着眼睑看着我，脉脉含情，一副暗送秋波的样子。

"别这样，这是我的职业，我所做的一切都不要任何回报纯属自愿。"我悄声说道。

"啊，你说什么来着，对不起，我困了，要眯一会儿。"于是她的眼睛又成半闭半开的柔情状。

趁女孩打盹的当儿，我出去透透气。如果现在回去一趟再来，料想女孩暂时不会有什么大问题。穿过客厅，他们忽地住了口，睁大眼睛惊讶地看着我，女孩的父亲甚至站了起来，好像要走过来的样子，我做了个恭敬的笑脸，他也客气地笑了一下。

我的车呢？我记得我刚来的时候停在院子边的柴垛下的，怎么不见了，我大叫。又在院子里跑了一圈，连车的影子都没有，难道为了救一个病人，要以一辆十六万的车为代价？我冲上大路去找我的车子，哪里有车的影子；还有我的女友，现在不知她怎么样了，我看那家伙就来者不善，把车开到楼下给我，而且还有人不声不响地替我还了债，并把车在半夜给我送回来这本身就很可疑……这条路此时并无一辆车子行驶，找出租车根本不可能，三十多里的路程，即使徒步跑回去，可能我女友已被那杂皮蹂躏得不成样子了，也许凶手还会对她下毒手，很多流氓都习惯杀人灭口，这样的事对他们来说简直易如反掌，干完事便逃之夭夭。

我几乎就要用头撞地了，忽然想到我怎么这么傻呢，为啥不先报警，拿出手机按了号码，电子音回复告知暂时无法接通，打好几次都是这样，天，我一屁股坐在地上就呜呜地哭了起来，那样子肯定很滑稽。病人的父亲、母亲、弟弟等全都围住了我，一脸的惊慌，她父亲先是搂住我的腰，意思是叫我站起来，哪能行呀，我完全成了一摊烂泥，接着是她弟弟、母亲一人挽起我的一条胳膊，她的同学抱着我的脚，被抬着往他们家里走，我想大声呼叫，可是喉咙好像被塞了一把草，一个字都吐不出来，一会儿什么也不知道了……

阳光很刺眼，我努力了好几次，终于流着眼泪才把眼睁开了，此时还不能完全睁着眼看周围的东西，眼睛很痛，首先我伸手找我女友（我还以为在自己家里），我抓住了一只小熊公仔，随手便撂开了，又在床上到处摸索，什么都没抓到，痛苦死了，我仰天躺着，喉咙还是堵着说不出话。我双手交扣胸前，一只柔软的手搭在了我的手上。凭直觉这并不是女友的手，我女友的手不管什么时候给我的都是清凉的感觉，而这只手却有一定的热度，我看过去，果不出我所料，她就是那个患相思病危在旦夕的病人，我惊叫一声，一颗石子什么的东西从喉咙里射了出来。

"绵绵呢？"我叫着女友的名字。

"绵绵是谁呀？"女孩问。

"哦，我是不是昏过去了？"

"是呀！你已经睡了十六个小时了，现在是下午五点。"女孩说。

我立即回忆起昨晚在这里发生的一切事情，这女孩好像并没有什么严重的症候，而且脸色红润，光彩照人，我确认不是绵绵，又歪着脑袋睡了过去。再醒来的时候已经是晚上，一家人站在病床前，一言不发面面相觑，她的同学竟然伸手摸我的额头，我真想把她的猪手打断。实际上我根本不能动，全身像绑紧了绳子，动一下都会喘大半天的气，我悲观地认为自己就像丢在地上被曝晒的幼苗，没多少活下去的几率了。

"我死定了，是不是？"我问。

屋子里的人都板着脸，似乎他们压根就不知道我在说些什么。

女孩终于说："是啊，我们已经准备好了……"

我把头偏了过去，闭上双眼，等待阎王爷的召令，明白自己的时光已不多了，就像日薄西山夜幕降临，黑暗不久将会缓缓覆盖而下。

"医生！"女孩叫道，她似乎口齿噙香，使我感到她的话语沁人心脾，"如果你乖乖听话，你可以活到明天中午。"

"明天中午——你要我怎么办？"

女孩，把一颗药丸（是安眠药还是止痛片？）塞进了我的嘴巴，我想立即吐掉，她迅速地用手蒙住了我的嘴，随后给我灌了一杯水。

昏昏沉沉地躺着，不知什么时候我手机嘟地响了一下，来了一条短信，女孩走过来将手机拿到眼前示意我查看，我没睁开眼，她便念给我听：几天了，什么时候才回来呀？想你，绵绵！

几乎是现在我才想起绵绵，原来她安然无恙，这很好，我要立即回去，太高兴了，我拼命挣扎了一下，结果一下子跌在地板上，女孩并不惊慌，也不过来扶我，我就自己站了起来，还在地板上转了个圈，证实一下。我的天，我啥病都没有，只是背有点儿疼——分明是睡的时间太久了。我马上去院子看我的车，居然好好地停在那里，在月亮的照射下反着耀眼的光呢。

"昨晚你是不是跑到马路上去了？"

"昨晚？"我想起来了，我当时是去找车子，结果气昏在马路上了。

"你可能是跑到后面的院子去看没有车，以为被人偷了，是不是？其实你自己停在前面院子桃树下的嘛，你这人，记忆真差劲，"女孩是埋怨的口吻，但听起来很舒服，"你脑子会不会是哪条神经搭错了……"

"什么意思？"我问。

"我只不过患了失眠症，有点儿发烧，昨晚我生日，睡不着，打个电话玩玩，没想到一打通你就问是不是爱情上出了什么问题，而且你还说你女友绵绵在旁边说话不方便，我就顺水推舟答了几个是，先以为你开玩笑，没想到你真来了……"

"不是相思病吗？你……"我只想马上甩她一个巴掌，她的家人却围了上来，看样子如果我敢动她一下，肯定得把我吊起来毒打一顿。

我若无其事地微微一笑，也掩饰自己的软弱，穿出他们的包围，径直朝我的车走去，我想是离开的时候了。

忽然有很多人围了上来，女孩在最前面，她的父亲先挡住了车门，所有的人都瞪着眼逼视着我。

"是我女儿治好了你的病……难道你想这样甩手就走！"这是她父亲说的第一句也是最后一句话，一针见血戳穿了我的虚伪嘴脸。

那条短信是女孩发给我的，是病人救了我，这是他们不放我走的原因。

我风华正茂，而且相当富有，并未欠债，我花了很多钱做广告，建设我的爱情诊所，寻找爱情病人。与其说是为人治病，不如说是对这种爱情病疯狂的崇拜，以致使我神经错乱，只有亲近病人，我才得到片时的宁静。"拿去吧！"我砸了一沓钱给她。

驾着欲望之车而来，又开同一辆车回去吗？思想的矛盾使我进退两难，无法选择和掌握自己的命运，我，一个爱情医生，职业使我变得越来越像个情窦初开的少年，向往着非现实的人间真爱，踏着尘世的土地如履薄冰，连对自己已拥有的一切也毫无掌控感，车在那儿，我不知道它是哪一个乐观自信的小子的。

在地上跺了一脚，我要走了，去真正有爱情病人的地方，只有他们才会重视我的胡言乱语，只有他们才会拯救我，拯救世间所有的人。我看着电话，等待另一次夜间到来的欺骗。

迷　途

給我沉默，我將蔑视黑夜/当我的灵与肉相恋成亲，我获得再生/记
忆是一种相会/遗忘是一种自由/只有通过黑夜之路，方能到达黎明……

——纪伯伦《沙与沫》

一

娱乐怎样才过瘾？

喊破喉咙，蹦碎舞台，释放，释放，上车回家，冲凉，凉个透，然
后把自己扔在床上，忘记别人，忘记自己，忘记思考……丧失记忆，静
静地睡去，不需要梦来打扰，什么都不知道……

这样的境界完全是出于我的吹嘘，即使再累睡过去也没有上面我所
写到的那么彻底。昨晚我之所以睡得不那么彻底完全是因为一个漂亮的
女孩，我多么想好好地睡上一觉，像死了一样，可是她常来梦里打扰
我，让我在梦中也无法忘记烦恼的现实世界。

我首先要学会忘记。

凡人的遗世之想是难以实现的。

我记得最早提出这个观念的是一个叫庄周的糟老头子，那天他靠着
大树睡着了，梦见自己变成了一只随风飘飞的蝴蝶，醒过来，对自己和
世界存在的一切煞是吃惊，他不知道自己变成了蝴蝶，或是蝴蝶变成了

他……这样的玄想多美。我好像在哪儿见过这位老者，他并不是不食人间烟火的那号人，他簪着披肩的栗色长发，大概从树边睡了起来的时候沾满了叶屑或是诸如树皮那样的渣末儿，他忘记了应该甩甩头，因此回去便被站在灶台边的老婆数落了一回。这天肯定是没酒喝的了，我不想他喝酒，更不想他吃饭，那些汤汤水水肯定会顺着他的胡子流下来，脏兮兮的。他生活条件很差，所以经常发牢骚，但是发牢骚有时也会发出经典的句子，比如"窃钩者诛，窃国者为诸侯"就是他的得意之作。他美妙的歪理邪说足以移情易性，使我也乐意受之涂毒。但这同样是跟他学的骗人的鬼话，不然我认识不了他的造假水平有多高，聪明人总是出尔反尔你浑然不觉……他宣扬舍名去利，却在竹片或木块上刻写了很多文字，与当时传媒名流孟轲他们形成尖锐的对立局面，可见他跻身名利。

吹牛太离谱，千万别当真。

二

一个叫三岛由纪夫的日本人说过：死，是最美的。因而1970年他在完成一部小说后切腹自杀。

没有什么比死更美了，我断定庄老头一边看着燎出灶额的火苗，一边胡思乱想，《齐物论》里说到的死是溟然与万物混同，他搞出这些高深的理论应该是虚荣心在作怪，标新立异妄拟虚词蛊惑人心，增加他言论的受众面，企图引起人们咂舌的唏嘘称道，我可没那么傻。

我的猜想并不是不无道理：那是他第一次跟他老婆睡在一起，他二十岁，她十七岁，在起初一阵疼痛的呻吟之后，紧接着故事的升级，他们躺着的云彩被一阵狂风刮向无尽的天顶，自始至终她大声地叫着："死了，死了……"他叫她不要叫得那么大声。再后来，双双从云端摔下来，摔在硬邦邦的木板床上，他问她痛不痛，她说，痛！就手肘儿这里，刚才硌痛了！她对木板床上仅铺一张竹席不满意。他又问："真死了吗？""死了，死得惟妙惟肖，像真死过去了一样。"她揩着他胸口上的汗珠回答……我的猜想至此结束了，其实我跟庄子一样善于胡编乱造，再编下去没多大问题，不过那太过分了。

庄子看上这一段会怎么样呢？逃不出两种可能，一种是他会说：世间得一知己足矣！知我者，雨儿也！于是我飘飘然；另一种：他会告诉世人，指摘我管见蠡测，我的言论是一派胡言，便叫韩非他们在电视上揭批我愚弄大众，有意歪曲事实，墨子也会写文章在报纸上批评我……他很有一套交际的手腕，我不是他的对手，最终会落得四面楚歌，只有落荒而逃。

庄先生的确是不尊重事实的人，这谁都知道，但是我对他有什么办法呢，他说的即使是虚妄之辞但谁都唯唯诺诺，拍他马屁。我的理论千真万确，可是大伙都为讨好他，不仅不给我面子，反而还要对我攻讦。呼吁是必要的，但是毫无用处，凭着他在我们这块土地上的影响就能让我哑口无言，只需说一句话就可以置我于死地。

其实他在内心早就对我的揣测佩服得要死，只是他当着别人的面说出的话却与之相反，我对他卑鄙的为人深恶痛绝。

三

我决定不再与这个老家伙纠缠，去一个没有权威的地方，就是说我要去的那个地方不会是庄周他们掌管舆论，一切都用事实说话，对，用事实说话，谁对谁的言语都心不在焉，一切只凭感觉，感觉，谁都骗不了谁！休谟说过，"最活跃的思想比最愚钝的感觉也远为微弱"。就像爱情，感觉是最为诚恳的诺言。

在离开屋子之前，我环视了一下四周，床下面也认真看了一遍，结果一无所获，我有点失望，怎么床下没有一个持匕首的贼！那天在舞台上那个半裸的女人拉着我非要叫我跟她一块对唱情歌，我不干。后来我一直在想，她会不会半夜从窗子伸手过来抓我的背。昨天我跳得很凶，音乐放完了我还在蹦（惯性使然），舞台上就剩下我一个了，我跳是因为我烦得要命，那个像庄周一样头发花白的老头嘬着嘴向对面一个一脸清纯的女孩说着什么，女孩面带幽怨，无可奈何，楚楚可怜，老头一脸的下流相，我真想冲去给他一拳，打他个半死，但我胆小如鼠，打了他公安局会拷我——他很有钱。

那天晚上闯入我梦境的就是那个女孩，她站在桌边，还是那张红木桌，不过背景变了，没有闪烁的彩灯，也没有震颤和摔玻璃一样的音乐。她身后是一片树林，绿茵茵的，远景是一片缥缈的氤氲之气，好像是湖水，又像是蓝天，有白云在缓缓流动……最后，梦越来越白，是太阳要上来了，此刻有细若游丝的声音绕过耳际，"你为什么不救我？"我一惊，梦断了。

梦是个坏东西，我讨厌死了。一个叫弗洛伊德的奥地利医生在书中说过，人幼年的时候是想什么样的事就会做什么样的梦，我记不起小时候的梦了，只知道那时的梦是蓝的，不会褪色的那种，山一样的颜色，雾一样的轻盈。那天我拼命想那个纯洁得如青苹果一样的姑娘，最后就做了那么一小段梦，简直是气死我了，想破脑壳也得不到一个好梦，这世道……肯定是我搞错了，医生曾告诉过我，人长大了做的梦是经过道德过滤了的，一些原始的成分因不符合道德规范未被滤过来成为梦境，或者被道德变形成为光怪陆离的抽象物在梦里歪歪扭扭……梦中她很美，甚至比那天晚上在舞厅时更美，幸好这一点没有被过滤掉。她给我这个不明不白的梦是不是一个提示？我疑窦顿生。我不应该耽于此处的闲扯，我要去找她。

四

上哪儿去找呢？找到她，她也未必像梦中那么温柔、善良、美好，说不定她会不买我的账，未免使我尴尬，弄得我下不了台咋办？这样的战战兢兢是出于我的自卑。我二十五岁，按人们的说法是风华正茂，应该说是有点帅气的，原因是我对一些乱七八糟的问题长年累月无缘无故的思考摧残了我的身体和容颜，别人看我差不多五十岁吧（据说还是为了'不要让他太悲观，以免他自杀'而作出的违心评价）。五十岁正好，男人二十岁是半成品，三十岁是成品，四十岁是精品，五十岁是极品，我一直吸一种名叫"极品云雾山"的香烟，我抽一口，赞一声：极品，真好——要是反过来就更好——年龄五十岁，外表看上去二十五岁。不，这不大可能。我只要求二十五岁的我看上去不是五十岁那么老就够了，我要一副能真实反映我实际年龄的容貌，就二十五岁的样子，跟普通人一样。

我在去找她之前首先得回到二十五岁，这样更保险，她不会对一个二十五岁的帅小伙不买账。我的个性决定了我对美容院不屑一顾，我很前卫，我指的是我的思想，很多科学家和思想家的观念把我领到了生活的最前沿。牛顿说他是站在巨人的肩膀上的，我也是！我站的是一个叫爱因斯坦的美国长鼻子犹太人的肩膀，他说速度很快的时候时间可以倒流，至于是什么东西的速度我记不起了，我记忆力很糟。不过没关系，我想象力丰富，知道速度很快时光会倒流这一点就够了，比如汽车的速度，比如轮船的速度……哎！轮船不行，太慢了。

在去那个只有事实而无需舆论支持的地方之前很自然要去一趟办公室，我得跟总编他们打个招呼才行，要不然一不小心不明不白从他们生活中消失了他们会不习惯的。在办公室门口我的电话响了，拿出来一看是一个陌生的号码我就挂了，以后的一段时间我将关掉手机，去一个不受任何人干扰的地方体验一番。我坐在桌子前收拾东西时，桌子上的办公电话却响了，很刺耳。犹豫了一下，我还是接了。

"喂！你好，这是813分机吗？"

"是！"我有点不耐烦，这时候还有人来找我。

"我找一位叫山雨的记者，"女人声音很甜，像西瓜，"他为了逃避与庄老先生的争吵，刚才写了一段速度与时间的文字，说时间会倒流，他举了一个例子，原话是'比如汽车'……"

"你是谁？"竟然知道我的底细，太可怕了。我捏了捏公文包里面的稿子，还好，没有不翼而飞，我屋子里都查遍了，没有人的，怎么？她一直就在我伏案写作的时候在背后盯着我。

"我们这里有汽车，你可以感受到速度给你带来的好心情——你是不是很帅；跳舞的时候甩着长头发！"

是她，是她，没错！

五

我换了几辆公共汽车，才发现忘记了自己要去的地址在哪儿，真该死！我没有大智大慧，但小聪明还是有一点，我怀疑刚进办公室时手机的那一响。于是把关掉的手机重新打开，查阅来电，还在，号码是13×44444444，我似当头挨了一棒，"4"这个不祥的数字的含义谁都比我清楚，我感到大难临头，一切都是想入非非惹的祸，我追悔莫及。回去吧，办公室一干人不笑成西班牙也会笑成葡萄牙，我镇了镇，稳定一下情绪。一切都是命里安排的，我在劫难逃，我给了自己一个嘴巴，命令自己乐观点，于是一种英雄救美的想法驱策着我，真见鬼，电话又响了。

"你钻到哪儿去了？你向后转走四十四步再向左转就看到我了，我开着窗！"电话断了，不是挂断而是没有信号的那种突然中断，我看手机上的信号显示是满格。"开着窗"是什么意思，她被老鬼锁在屋子里了？

我按她的要求走了过去，向左转，努力地看，有什么鸟窗子啊！眼前是一个无限宽阔的区域，我看不到边在哪儿。

我眯着眼睛认真地看，遗憾的是我看不出什么名堂，于是直接走了进去，远远近近规范或不规范的道路曲里拐弯让人眩晕，我眼花。马上我对看到的一切有了一个定义：迷途——我迷途难返了！那有着一连串的"4"的电话号码提醒过我，可我执迷不悟，怪谁呢！现在也只好豁出去了。

我径直往前走，走了很久，还是看不到边，可是我又发现"边"无处不在，一层一层的弧线，越来越淡（我近视）。不会是无限的，我想，我的感觉一般不会错。走了大半天，我发现我又回到了最初的起点——只不过与我刚才站的位置仅隔了一道用断桌腿和破砖块砌就的栅栏。我累坏了，发现自己错就错在遵守了迷途规定的路线。

六

一位博古通今的老人曾告诉过我，改变世界的人有两种，一种是白痴，一种是天才。天使之规范乃非棋手之规范，走出迷局的唯一方法是无视它的路线，自行规范走向，绝对不能按它提示的路线走下去。我不能像走政治路线那么坚决，政治就是明目张胆光天化日之下的强奸，我讨厌政治，像他们那样坚决地走，遛了一圈最终还是回到起点叹息（因为地球是圆的，走得越坚决走得越快，回到起点的时间就越短）。博尔赫斯笔下的世界是一座迷宫，如果世界真是那样的话我就彻底完蛋了，蛋壳都不会留下一丁点儿……

我要做一个天才的傻瓜……

我又在乱想了，不知道赶自己的路。再回到当初的位置简直是妄想，我又渴又累，随时都有栽倒在路上的可能，我乜斜着眼，无精打采地张望，天底下除了缭乱的道路什么都没有，只有我自己，孤零零一个人被扔到这个地球上，进退维谷，我很伤心。

一不小心我摔了个马趴，戳了一鼻子灰，爬起来就撞翻了一只盘子，菜洒了一地，盘子也破成了几块。

"你可是那位记者？"

一个姑娘站在我的面前，她另一只手里掂着两只碗和四支筷子。我退了一步，保持警戒，抢先逼问："你想干啥？"此时对我来说生命安全至关重要，我认真地观察她，没发现什么异样情况，她穿一件漂亮的裙子，一看就不可能藏手枪、匕首这些凶器，我放松了警戒。

"我赔你！"看着碎在地上的盘子，我有点不好意思。

"先生！"姑娘微微地一笑，"你是一个不够大方的男人，内向！来南方不久吧？"

"我来很久了，你关心这个？"

"随便问问，"姑娘说，"我们这里有你文章里写到的那种速度很快的车子。"我大惊，没想到我偶然的假设轻而易举地变成了事实，这不可能。她笑盈盈地走到我的面前，她是个可爱的姑娘，凭印象我就相信她于我无害，我乐于与这样的女孩交谈。

"小姐，你喜欢娱乐吗？"我随便瞎扯。

"喜欢！"

"跟我一起去城里玩吧，唱歌、跳舞，还可以逛公园，看电影……"我有普通城里人的优越感。

"我们这里有娱乐的地方，空气好，所以不想去你们城里玩，"女孩笑了，露出一对洁白的小虎牙，她扬了扬脸，"就是这些车，你可以试一试。"我们身边"呼"地晃过一辆"车"，竟然有这样的车：它的长约莫跟一个男人的身高相等，宽同一个女人的腰围差不多，轮子却显得有点大，而且出奇地厚，车身看起来很不规则，像一条小船，不，像飞机，不，像花轿，不，不，不……到底像什么啊？我迷惑：这玩意儿，她要我——是不是请君入瓮？想治我，没门！别以为我是傻子。

她一脸的真诚，又不像。

"这是一种特殊的交通工具，也可以作为休闲、健身、娱乐、磨炼意志的运动，速度比你想象的还要快，每小时可达444千米……它就是响泉车！"

"黄泉车？"

"对！它的声音不像普通汽车那样'呜呜'的，噪得人心烦，启动后它会'泠泠'作响，像泉水从岩罅里泻出的泉水，很动听，仅声音就会让你陶醉……"

"王婆卖瓜可不行！"我没有觉得我的语言有所不当。

"驾驶者可体会到来自身体上、视觉上的极度快乐和刺激……"她并不在乎我的出言不逊。

"驾驶这种车会不会有脱胎换骨的感觉？会不会飘飘欲仙，超脱生死？会不会感到时光倒流，比如从五十岁倒流回二十五岁，就是说让人变年轻——速度能让时光倒流，科学家说的。"

"先生，你喝多了！"女孩一如既往地微笑着。

"我没有喝多！"根本没喝，我滴酒不沾。不过我迷信科学，五六岁的时候我就知道一只手拿一块大石子，另一只手拿一块小石子，从小木楼的走廊上同时放手向楼下丢，问在下面洗衣服的妈妈它们是不是同时着地的。

这时，很多辆同样的车从我们面前驶过，我看见了她，就是舞厅里那个一脸忧伤的女孩，她坐在车上似乎很愉快，还冲着我使劲地笑了笑。我决定上车，我不怕它带我到一个我全然陌生的地方去，我不怕……在姑娘的帮助下我顺利地上了车，脚踏油门，手握方向盘，伴随着一声清越的泉响便蹿了出去。

我没有在迷途迷失方向，坐在这样的车上，完全清醒了。

我要以最快的速度离开这个是非之地，去追寻梦中的女孩。现在，我不会让她失望，我容光焕发，驾驶这样的车的确很爽，我要尽快找到她，她乞求过我快去救她，尽管是在梦中……

七

许多年之后，南方留下这样一个传说：一个试图忘掉烦恼忘掉世界的男子，在南方这座热闹的城市经历了一场惊天动地的变革之后，终于撕掉了他苍老的面皮，与一个同样向往自然的清丽女子，一起驾着响泉车，穿过城市，越过沼泽，掠过梦境，以常人难以想象的速度，闯进了大山的怀抱。